JAN FLORIAN CREMER

DUFT VON MINZE UND HONIG

www.tredition.de

© 2021 Jan Florian Cremer

Autor: Jan Florian Cremer
Umschlag, Illustration: K. Isas
Lektorat, Korrektorat: L. Wittenhorst

Verlag & Druck: tredition GmbH, Halenreie 40-44, 22359 Hamburg

ISBN
Paperback   978-3-7323-5187-9
Hardcover   978-3-7323-5188-6
e-Book   978-3-347-25015-4

Bibliografische Information der Deutschen Nationalbibliothek:

Die Deutsche Nationalbibliothek verzeichnet diese Publikation in der Deutschen Nationalbibliografie; detaillierte bibliografische Daten sind im Internet über http://dnb.d-nb.de abrufbar.

„Mancher Mensch hat ein großes Feuer in seiner Seele, und niemand kommt, um sich daran zu wärmen.

Ich möchte bündigeres, einfacheres, ernsteres. Ich möchte mehr Seele und mehr Liebe und mehr Herz."

Vincent van Gogh

1

Geboren wurde ich am 18. Mai 1981. Meine Geburt war nicht die Einfachste. Ich kam mit den Füßen zuerst, wollte mich nicht in die richtige Position bringen und hatte mir zu allem Überfluss die Nabelschnur um den Hals gewickelt. Zeit ließ ich mir auch noch. Erst um ein Uhr nachts entschloss ich mich, das Licht der Welt zu erblicken. Trotz meiner verqueren Lage holten mich der Arzt und die Hebamme auf konventionelle Weise. Worüber meine Mutter im Nachhinein sehr froh war, denn ihr wurden die unschönen Narben des Kaiserschnitts erspart. Sie nannte mich Oscar, nach meinem Urgroßvater.

Die ersten Wochen meines Lebens verbrachte ich häufig im Krankenhaus. Auf Grund der Schlinge, die um meinen Hals gelegen hatte, lief ich bei jedem

Schrei blau an. Hinterließ aber dann trotz großer Befürchtungen keine bleibenden Schäden, zumindest keine schwerwiegenden. Allerdings neige ich auch im Erwachsenenalter dazu, bei Erregung blau-rot zu werden.

Mein Vater war Kunst- und Antiquitätenhändler und verdiente einen Großteil seines Vermögens mit der Sanierung von Altbauten. Meine Mutter war eine liebevoll umsorgende und außergewöhnlich attraktive Hausfrau.

Wir wohnten in Bredeney, ein vornehmer Stadtteil im Essener Süden. Die alte Villa eines verstorbenen Industriellen war unser Zuhause. Im Stil des Historismus erbaut, fanden sich alle prunkvollen Elemente vergangener Kunstepochen wieder. Ganz nach dem Geschmack meines Vaters. Das Gebäude hatte eine beeindruckende Großzügigkeit und einen Garten mit üppigen Rhododendren, die meiner Mutter sehr am Herzen lagen und uns Kindern beste Möglichkeiten zum Buden bauen boten.

Der Stadtteil war geprägt von alten Stadtvillen,

die den Krieg überstanden hatten und neureichen Bungalows. Die Kinder, mit denen ich zur Schule ging, wurden in Jaguars und Porsche vorgefahren von ihren Müttern und nicht selten auch vom Chauffeur. Die Väter meiner Freunde waren Ärzte, Rechtsanwälte oder Fabrikanten, die sich nachmittags im Golfclub oder beim Segeln auf dem Baldeneysee trafen. In Bredeney hatten die Familien durchschnittlich zwei bis drei Kinder, so wie bei meiner Schwester Fleur und mir. Jedoch anders als bei diesen Familien, waren Fleur und ich nie Mitglied im Sportverein, der Ballettschule oder an der Folkwang Musikschule. So ein Vereinsleben oder der Besuch einer solchen Talentschmiede war nichts für mich. Meine Zeit verbrachte ich lieber damit, mit einem Freund Baumhäuser zu bauen, Teiche anzulegen, Frösche und Mäuse zu fangen oder die Nachbarn zu ärgern.

Als ich in die fünfte Klasse des Gymnasiums kam, entdeckte ich jedoch schnell ein neues Interesse. Das Interesse am anderen Geschlecht. Und mein Grundschulfreund blieb zunehmend mehr allein mit seiner Modelleisenbahn, während ich mich neugierig und scheu zu anderen Abenteuern aufmachen wollte.

Das erste Jahr auf dem Gymnasium verlief jedoch anders als ich es mir vorgestellt hatte. Mein Grundschulfreund ging auf eine Gesamtschule. Da ich mich weder für Fußball oder Computerspiele interessierte, war ich eher ein Einzelgänger. Die langweiligen Gespräche über die Bundesliga tangierten mich schon gar nicht. Meine Begeisterung galt schon damals etwas anderem, den Mädchen. Jedoch war ich so verschlossen, dass ich kaum mit so einem Wesen ins Gespräch kam. Insgeheim bewunderte ich nur die Jungs, die so locker und entspannt scherzen und flirten konnten. Ich vermochte das in keinster Weise und es fehlte mir diese Unbeschwertheit. Um es anders zu sagen, ich war eher das Gegenteil, schwermütig und nachdenklich. Bevor ich einen Satz herausbekam, überlegte ich hin und her, was und wie ich es sage. Dann zog ich es vor zu schweigen.

Das lag wohl auch an meinen oft schlaflosen Nächten, in denen ich mitanhörte, wie mein betrunkener Vater auf meine Mutter losging. Oft hielt ich mir die Ohren zu, traute mich nicht auf die Toilette zu gehen und urinierte stattdessen in eine hintere Ecke meines Bettes. Und so beschäftigten mich diese Nächte auch in der Schulzeit. Meine Noten waren erbärmlich. Bis auf Kunst und Englisch war alles andere eine Katastrophe. Mit größter Mühe schaffte ich die Versetzung in die sechste Klasse, wohl begünstigt von den Bitten meiner Mutter beim Elternsprechtag.

Nun kurz, ich hielt es für schier aussichtslos, gar unmöglich, jemals auch nur den Hauch einer Chance bei einem Mädchen zu bekommen. Eines Morgens vor der Schule hatte ich die grandiose Idee mich an der gut sortierten Hausbar meines Vaters zu bedienen, um mir einen mit Cognac anzutrinken und damit ein Mädchen aus der Parallelklasse anzusprechen. Den Mut fand ich dann nicht, dafür aber einen guten Schlaf in der Mathestunde.

Meine Minderwertigkeitskomplexe wuchsen proportional zu meinem Körperwachstum, in einem Jahr gewaltig. Ohne jeden Zweifel, ich würde mein Leben lang im Grugafreibad die Mädchen im Bikini anhimmeln, die Jungs, die sie ins Wasser schubsen, hassen und danach allein in meinem Zimmer sehnsüchtig und traurig onanieren.

Nach den Sommerferien und einsamen Tagen im Freibad, kam ich dann also doch in die sechste Klasse. In der Hoffnung alles würde jetzt anders, saß ich dann wieder allein an meinem Tisch.

Zu meine Überraschung blieb es nicht so. Eva war neu in der Klasse und ist gerade mit ihrer Mutter von Bochum nach Essen gezogen. Ich tat unbeeindruckt als sie zu mir gesetzt wurde, war jedoch aufgeregt wie sonst was.

Sie war anders als die Mädchen in meiner Klasse. Zuerst viel es mir nur oberflächlich auf. Die anderen

Mädchen trugen Reithosen (jede Zweite hatte ein eigenes Springpferd), englische Barbour Jacken, dazu Chucks, die sind ein sportlicher Klassiker. Manche verzierten sie vorne mit einem Smiley. Eva trug ein Holzfällerhemd, zerrissene Levi`s und ausgetretene Doc Martens. Ihre blonden strähnigen Haare waren zu einem wilden Büschel hochgesteckt. Sie sah aus wie die kleine Schwester von Kurt Cobain. Das fiel mir erst später auf. Ich hatte zwar mal von einer Band namens Nirvana gehört, aber zu dem Zeitpunkt weder ein Lied gehört noch ein Bild von Kurt Cobain gesehen. Ich war beeindruckt, ja sogar etwas beängstigt. Irgendwas muss ich jedoch zu ihr gesagt haben. Aber in meiner vor Angst verdrängten Erinnerung muss es wohl so etwas gewesen sein wie: „hier der Stundenplan" oder „soll ich dir zeigen, wo du die Bücher bekommst?".

Egal was es war, es hatte funktioniert. Die Pausen verbrachten wir ab sofort auch zusammen. Sie redete wenig, ich antwortete mit Nicken oder Kopfschütteln. Schnell brachte sie ihre Verachtung für

Pferdemädchen und Fußballjungs zum Ausdruck. Wie sympathisch, dachte ich. Wir gingen den Schulweg zusammen, da sie mit ihrer Mutter in der Nachbarschaft wohnte.

Nach und nach traute ich mich auch ein paar Worte zu sagen. Es war vorsichtig und bedacht. Angst hatte ich nicht mehr, eher Respekt. Sie war wie ich gerade dreizehn geworden. Aber sie erschien mir schon viel reifer. Wie auch ich war sie sehr ernsthaft. Eva sprach mit mir über Musik und erzählte mir von Guns`n`Roses. Irgendwann solle ich mal vorbeikommen, um mit ihr Musikzuhören. Bei dem Gedanken mit ihr allein in einem Zimmer zu sein, geriet mein Magen in freudige Turbulenzen.

Mit der Zeit sprachen wir immer mehr. Wobei ich mehr der geduldige Zuhörer war. Aber irgendwas verbannt uns. Sie erzählte mir, dass ihre Mutter vor ihrem Vater mit Eva geflüchtet ist. Instinktiv wusste ich, dass Eva dasselbe erlebt hatte, wie ich es noch erlebte. Und sie wusste es genauso von mir.

Ich wünschte mir, meine Mutter würde mit meiner Schwester und mir auch flüchten. Einfach weg in eine andere Stadt. Dann wäre endlich Ruhe! Stille! Meine Stille war immer so laut. Entweder ich höre die Schreie oder ich bilde sie mir ein. Eva und ich wussten, dass wir auch ohne viele Worte sehr ähnlich waren.

Es kam also der Tag, an dem ich zu Eva nachhause kam. Sie wohnte mit ihrer Mutter in einer Dachgeschosswohnung mit vielen Schrägen, weshalb sie auch nur kleine Schränke und Möbel besaßen. Ganz anders als bei mir zuhause, mit den vier Meter hohen Stuckdecken. Evas Mutter lernte ich nur kurz kennen. Sie schien erfreut über den Besuch ihrer Tochter zu sein, verabschiedete sich aber schnell. Evas Mutter hatte einen ambulanten Pflegedienst und war nur selten zuhause. Eva bezeichnete sich selbst als Schlüsselkind, ein Ausdruck, der mir damals völlig fremd war. Meine Mutter erwartete mich doch jeden Mittag nach der Schule mit dem Essen. Auf eine Gewisse Art beneidete ich Eva um diese Freiheit und Freiraum.

Wir gingen in Evas kleines Zimmer und sie warf die Tür ins Schloss. Es war unordentlich, überall Klamotten, Bücher, CDs. An den Wänden Poster von Guns`n`Roses und Rock-, Punk-, und Metallbands von denen ich noch nie gehört hatte. Wir setzen uns auf ihr Bett, auf dem eine alte Patchworkdecke lag. Ich fühlte mich sofort wohl, trotz meiner Aufregung. Das Zimmer strömte einen ganz eigenen Geruch aus. So etwas hatte ich noch nie erlebt, es war wie in einem Traum, ganz surreal. Wir hörten stundenlang Musik. Bei „November Rain" schloss Eva die Augen und ich konnte sie wie hypnotisiert betrachten. Ihre blonden Strähnen hingen in ihr Gesicht. Sie hatte sanfte Gesichtszüge und feinen, weißen Flaum auf den Wangen. Ich spürte, wie sie durch ihre Nase ein- und ausatmete. Die schlanken, fast dünnen Beine übereinandergeschlagen, in der engen schwarzen Jeans saß sie da. Ihre Figur war noch im Übergang zur vollen Weiblichkeit, ihr

Becken noch sehr schmal. Nur unter ihrem karierten Hemd konnte ich erahnen, wie sich bei jedem Atemzug, ihre Brüste auf und ab bewegten.

Eva öffnete die Augen und ich fühlte mich ertappt. Noch heute spüre ich wie mir das Blut blaurot ins Gesicht schoss. Sie lächelte mich an. Es war eine Schande, dass Eva so selten lächelte. Aber wenn sie lächelte war es voller Empathie und Wärme. Ihre Zähne waren groß und weiß, die Schneidezähne durch eine Lücke getrennt. Die Lippen waren blass und weich. Dieses Lächeln würde ich nie vergessen. Sie nahm meine Hand und umfasste sie für einen Augenblick fest. Es fuhr durch mich, wie eine warme Welle, sanft und doch wie Strom. Gleichzeitig empfand ich einen wehmütigen Schmerz, die Angst es könnte irgendwann vorbei gehen.

Letztendlich sollte es auch so kommen. Wir verbrachten so einige Monate meistens in Evas Zimmer und hörten Musik. Einmal wagte ich es sie für den Bruchteil einer Sekunde auf den Mund zu küssen.

Auch wenn wir beide ohne jeden Zweifel diese aufregende und unerklärliche Spannung zwischen uns spürten, blieb es bei diesen vorsichtigen Berührungen. Unser Bewusstsein waren noch nicht soweit, mit diesen Gefühlen weiter zu gehen.

Zum Ende der sechsten Klasse ging Eva mit ihrer Mutter zurück zu ihrem Vater. Auch wenn Bochum nicht weit war, war es für einen fast Vierzehnjährigen das andere Ende der Welt. Eva war es auch nicht wirklich recht, Besuch bei ihrem Vater zubekommen. Wir telefonierten also noch einige Wochen, redeten über neue Musik, bis auch das langsam einschlief. Ich sollte Eva wohl nie wiedersehen.

2

Als ich sechzehn war, hatte ich mich deutlich verändert. Die Zeit mit Eva hatte meine Selbstzweifel etwas lindern können. Nach wie vor waren mir jede Vereinssportarten und das gegenseitige Kräftemessen zu einfältig. Aber ich hatte mich im Fitnessstudio angemeldet. Dort konnte ich allein trainieren, war stundenlang auf dem Laufband und formte mit Hanteln und Gewichten meinen Körper. Es hat mir gefallen, zu beobachten wie ich vom kleinen Jungen zum Mann wurde. Jemand der nicht davor zurückschrecken würde, gegen den eigenen Vater die Hand zu erheben, wenn dieser wieder seine Mutter schlagen würde. Beim Sport konnte ich abschalten und meine sorgenvollen Gedanken und die schlaflosen Nächte vertreiben. Ich ging jeden Tag ins Studio, manchmal zweimal. Direkt nach der

Schule und dann nochmal abends. Weg von zuhause, da war ich frei und fand ruhe.

Wenn ich zuhause war, zog ich mich in mein Zimmer zurück. Ich hatte mir Kopfhörer zugelegt und hörte Musik. Die Musik, die ich gemeinsam mit Eva gehört hatte. Oft überlegte ich was sie jetzt hören würde und mit wem. Eva hatte mein Interesse für Musik geweckt. Ich hörte Greenday, Nirvana, Offspring und Metallica. An den Wochenenden schlich ich mich nachts aus dem Haus, um auf Technopartys zu gehen. Es war nicht meine Musik. Aber es war laut und man konnte keine Schreie der Eltern hören.

In der Schule schleppte ich mich so durch. Es langweilte mich und mit naturwissenschaftlichen Fächern konnte ich rein gar nichts anfangen. Im Nachhinein betrachtet, war ich ein wortarmer Philosoph, dessen Gedanken alles in Frage stellten und dabei keinerlei Antworten fand.

Ein paar Freunde hatte ich jedoch und ich saß nicht mehr allein an meinem Tisch. Nachdem Eva die Schule nach einem Jahr wieder verlassen hatte, saß auf einmal Rene neben mir. Er war noch ruhiger als ich und sein Vater war Polizist. Polizisten mochte ich noch nie. Dazu kam noch, dass Rene ein Computernerd war, Sport war für ihn ein Fremdwort und Interesse am anderen Geschlecht hatte er zu Nichten. Wir hatten also keinerlei Gemeinsamkeiten. Da wir beide also Einzelkämpfer waren, taten wir uns notgedrungen zusammen. Er erzählte mir was mich nicht interessierte und ich ihm das was ihn nicht interessierte. Aber das funktionierte. Rene war unkompliziert und man konnte Blödsinn mit ihm anstellen. Seine Liebe für Schokolade war offensichtlich sehr ausgeprägt. Für eine Rittersport besorgte er mir monatlich den Playboy seines Vaters.

Obwohl ich mich physisch und psychisch weiterentwickelte war ich trotzdem noch fragil, wie ein rohes Ei. Alles hinterfragend, machte mich alles nur unsicherer. Als die Backstreet Boys rauskamen, riefen mir die Mädchen hinterher ich sähe aus wie

Nick Carter. Schnell nannten mich alle nur noch Nick. Ich meine, es hätte schlimmer sein können, ich wurde zum Glück nicht Meat Love genannt wie Rene. Aber das sah ich damals natürlich nicht. Es war grausam. Ich wollte doch nur ich sein. Also immer wieder die Flucht in den Sport.

Ganz in meiner Welt vertieft auf dem Laufband, war da wie aus dem Nichts ein Mädchen.

Sie wurde meine neue Freundin. Wir sahen uns immer zur selben Zeit gegenüber auf dem Laufband. Ich gebe zu, ich habe mir die Zeiten gemerkt, wann sie da war. Wir lächelten uns an. Den Mut sie direkt anzusprechen hatte ich jedoch nicht. Sie kam immer mit dem Fahrrad zum Training. Ich schrieb einen Zettel mit meiner Telefonnummer und dem Satz: „Würde dich gern kennenlernen." Sie rief mich tatsächlich an, ich konnte es kaum glauben. Und noch unglaublicher, sie konnte sich an mich erinnern.

Sarah war anders als Eva. Sie hatte ein breites Becken und eine weibliche Figur. Nicht unbedingt eine Schönheit auf den ersten Blick, aber wie auch bei Eva, hatte Sarah ein einzigartiges Lächeln.

Ich glaube, was ihr an mir gefiel, war nicht unbedingt mein Äußeres, sondern dass ich Aufmerksamkeit schenkte. Ich gab mir wirklich Mühe, schickte ihr Blumen und Briefe. Wir trafen uns zu Spaziergängen mit ihrem Hund, einem alten Golden Retriever. Wir gingen durch den tief verschneiten Stadtwald und ich nahm sie von hinten in die Arme. So ein Gefühl der Wärme hatte ich nicht mehr, seitdem Eva meine Hand hielt.

In der Beziehung zu Sarah ging ich völlig auf. Mein Freund Rene musste sich seine Schokolade von nun an selbst besorgen. Unwillkürlich galt meine volle Konzentration Sarah. Auch wenn ich sie immer mit Eva verglich, alles in meiner kleinen Welt drehte sich um Sarah. Ich wollte alles von ihr wissen. Wie sie lebte, ihre Familie kennenlernen, was ihre Hobbies und wie ihr Zimmer eingerichtet war. Und ich erreichte was ich wollte. Ihr Vater war

Zahnarzt und sie wohnten, wie sollte es auch anders sein, in einer schicken Neubauvilla im Bauhausstil. Ihre Mutter hatte sich als Ernährungsberaterin selbstständig gemacht. Einfach Mutter und Hausfrau zu sein reichte einer modernen Frau nicht mehr. Emanzipation und Selbstverwirklichung war die Devise.

Wie die Mutter so die Tochter. Auch Sarah hatte mit ihren sechzehn Jahren ihre Wünsche und Träume. Modedesign studieren und Tanzen. Tanzen ist leben, sagte sie immer. Trotz ihrer nicht unbedingt filigranen Figur bewegte sie sich immer wie eine Ballerina. Ich liebte alles was sie tat, was sie sagte, wie sie war. Wir schauten Filme wie Dirty Dancing und Titanic, die mich unsäglich langweilten. Aber sie bemerkte es nicht. Weil Sarah in meinen Armen lag und wenn ich etwas höher lag hatte ich freien Blick durch den Ausschnitt des T-Shirts auf Sarahs Brüste. Was Sarah natürlich nicht unbemerkt blieb. Sie schämte sich für ihre Oberweite, die antiproportional zu ihren üppigen Hüften, eher

klein war. Aber genau das fand ich auf unbeschreibliche Weise aufregend.

Ich wusste was ich wollte. Ich wollte Sarah, und
zwar nackt. Das war alles, woran ich noch denken
konnte. Sarah nackt.

3

Geduld war damals nicht meine Stärke. War allerdings unabdingbar, um mein Ziel zu erreichen. Sarah war, was das Thema Sexualität anging, noch sehr unbedarft. Ihr reichte es, wenn wir zusammen kuschelten, uns küssten und ich ihre Brüste unter dem T-Shirt streichelte. Natürlich war es nicht so, dass sie nicht neugierig war und sie stöhnte, wenn ich sie berührte. Wir sprachen auch darüber und sie erzählte mir eines Abends, als sie in meinem Arm lag, dass sie, wenn sie allein im Bett liegt vor dem Schlafen masturbiert und sich unter der Dusche mit dem Wasserstrahl befriedigt. Diese Vorstellung trieb mich regelrecht in den Wahnsinn und in meiner Fantasie stellte ich mir vor, wie sie es sich machte. Gleichzeit trieb es mich zur Verzweiflung, dass sie mit mir nicht gemeinsam diesen weiteren

Schritt machen wollte. Sie fühlte sich noch nicht so weit und sie bat mich um Verständnis. Ich bemühte mich.

An den Wochenenden übernachtete ich meistens bei ihr zu hause. Ich wollte ihr einfach die Zumutung ersparen meinen alkoholisierten Vater und meine schreiende Mutter zu erleben. Wenn wir in Sarahs Bett lagen, hörten wir ihre Mutter zwar auch schreien, allerdings waren diese Schreie vor Lust, wenn Sie mit ihrem Zahnarzt schlief. Sarah und mir war das zunächst unangenehm, nach einiger Zeit lachten wir einfach darüber und in mir wurde der Drang mit Sarah zu schlafen nur noch verstärkt.

„Ich halte es nicht mehr aus. Ich will deinen Körper spüren, nackt!" Platze es dann einfach aus mir heraus. Sarah schaute mich einen Moment ganz ruhig an. Ohne überrascht zu wirken. „Ok, ich möchte das auch." Sagte sie dann ganz nüchtern. „Aber ich möchte noch nicht mehr, das verstehst du doch, oder?" Fügte sie hinzu und ich nickte. Ich zog ihr das Shirt und die Leggins aus. Danach zog ich mich selbst aus. Wir lagen nackt unter ihrer Decke und meine Hand streichelte ihren ganzen Körper. Sarah seufzte. Ich presste mich eng an sie und mein harter Penis drückte gegen ihre weichen Oberschenkel. Ich bekam vor Erregung eine Gänsehaut und ich hatte das Gefühl, wenn ich ihn jetzt nicht in sie reinstecke, würde ich verrückt. Sarah schien das zu spüren und drückte mich leicht von ihr weg. Das kann es doch jetzt nicht gewesen sein, dachte ich. Und es sollte meinem Erstaunen auch nicht dabei bleiben. Sarah kroch unter die Decke immer weiter nach unten, nahm meinen harten Penis erst in die Hand und schließlich umschloss sie ihn mit ihrem Mund. So etwas hätte ich mir auch nicht träumen lassen. Sie spielte mit ihrer Zunge an meiner Eichel und mit der Hand massierte sie den Penis. Es dauerte nicht lange bis ich in ihrem Mund kam. Ich spürte, wie er pulsierte und es warm und feucht aus ihrem Mund lief. Sarah kam unter der Decke hervor, spuckte mein Sperma in ein Taschentuch, legte sich dann wortlos wieder zu mir und küsste mich.

Dieser Abend war wohl, abgesehen von den Nachmittagen mit Eva, der wundervollste meines bisherigen Lebens. Doch mein Begehren nach mehr wuchs zunehmend. Auch wenn Sarah mich nun immer öfter so verwöhnte, wurde der Wunsch mit ihr zu schlafen nicht gemindert. Das jedoch mit aller Macht durchzusetzen konnte ich nicht, schließlich war ich immer noch ein unbedarfter Sechzehnjähriger, voller verrücktspielender Hormone. Sie zu etwas zu bringen, zu dem sie noch nicht bereit war, war schlicht nicht richtig.

So hatten wir also ein Jahr lang eine harmonische Beziehung. Harmonisch ist deshalb das richtige Wort, weil es nichts gab, wo wir aneckten. Das war wohl auch das Problem. Ich arrangierte mich damit, dass es bei oraler Befriedigung blieb. Und wir lagen oft einfach nur im Bett kuschelten und schauten Filme, die mich immer noch langweilten. Wir brauchten nicht viele Worte, um uns zu verstehen. Was daher kam, dass wir uns wenig zu sagen hatten. Unsere Interessen gingen weit auseinander.

Wir hörten nicht dieselbe Musik, mochten nicht dieselben Filme, sie begeistert sich für Saint Laurent und Valentino, mir genügten Karohemden und Jeans. Trotzdem genossen wir die Zeit. Ganz anders als bei Eva und mir.

Nur ein Punkt machte mir Bauchschmerzen. Sarah sprach unentwegt davon, nach dem Abitur für ein Jahr nach Australien zu gehen. Ich konnte ihr Fernweh durchaus nachvollziehen, war mir gleichzeitig bewusst, eine so lange Trennung könne eine so junge Beziehung nicht überstehen. Und mich zerfraß die Eifersucht, Sarah erläge dem Charme eines australischen Surfers oder Farmers und lässt sich dann von diesem deflorieren und ich bliebe der ewig mit Blowjobs Vertröstete. So trieb lange Zeit ein trüber Schleier über unserer Beziehung.

Wie sich jedoch herausstellen sollte, ist es nie zu dem Auslandsjahr gekommen. Meine Sorgen waren unbegründet. Denn etwas ganz anderes sollte die Harmonie zwischen uns vollständig zerstören. Und es sollte nicht Sarah sein der es geschuldet sein sollte. Es lag ganz allein an mir, dass ich unsere Beziehung durch mein ungewolltes Handeln, zu einem unausweichlichen Ende bringen würde und Sarah irreversibles Leid zufügen würde.

4

Das Mädchen, mit dem ich mein erstes Mal hatte, war nicht Sarah. Es war ein Mädchen, dem ich nicht widerstehen konnte. Sie war makellos schön. Jemand den ich sonst nur aus Renes Playboys kannte. Ihre Proportionen waren im Gegensatz zu Sarah perfekt. Große Brüste, schmale Taille, ein traumhafter pfirsichrunder Hintern und endlos lange schlanke Beine. Ihre Haut war leicht gebräunt und ihre Haare blond und schulterlang.

In der Regel fühlte ich mich von zu schönen Frauen nicht besonders angezogen. Zum einen, weil mein Selbstbewusstsein trotz Trainierens nicht sonderlich ausgeprägt war und zum Zweiten suchte ich immer nach etwas besonderem, einzigartigem und kleinen Makel, die mich faszinierten. Die

Frauen aus den Playboys machten mich zwar etwas an, waren aber für mich unerreichbar, dachte ich. Wonach ich immer suchte war etwas nicht Äußerliches, etwas was jemand ausstrahlt, auf den ersten Blick verborgen ist. Was man erst entdecken muss und sich von anderen Menschen unterscheidet. Vielleicht bin auch ich der Einzige, der dieses Undefinierbare bei dieser Person des anderen Geschlechts sehen kann. Etwas das mich herausfordert und mich nicht loslässt.

Vielleicht könnte man es vergleichen mit einem fantastischen Essen, bei dem der Koch selbst kaum beschreiben kann, was das Rezept so würzig und aromatisch macht. Allein die chemischen Zusammensetzungen können die Feinheit und Außergewöhnlichkeit der Speise nicht deutlich machen. Nur Wenige können alle Nuance des Gerichts schmecken, riechen und spüren. Zu diesen zähle ich mich. Diese besondere Ausstrahlung, das Verborgene, das Geheimnisvolle eines Mädchens. Ich fühle es.

Sofort war mir klar, ich wollte dieses Mädchen,

ich wollte Sex mit ihr. Trotz meines schlechten Selbstbewusstseins wusste ich, sie wollte es auch. Da gab es keinen Widerspruch, wir würden Sex haben.

Als wir uns trafen, war ich gerade siebzehn geworden und es war auf der Geburtstagsparty von Sarahs bestem Freund. Sie war schon zwanzig und studierte Medienwissenschaften an der Uni Duisburg. Sie hatte einen Freund, Sarahs besten Freund. Also eine ziemlich schlechte Konstellation, vor allem, weil Sarah auch mit ihr befreundet war. Aber egal, dachte ich mir. Die Feier war in einem Segelclub am Baldeneysee. Wir tranken Unmengen Bier und Schnaps. Ich schwankte auf meinem Stuhl. Sarah war schon sehr genervt. Ich hatte aber nur Augen für dieses Mädchen. Ich unterhielt mich mit ihr über ihren Studiengang, den Inhalt vergaß ich sofort, unter dem Tisch hatte ich eine Erektion. Ich fragte sie unverhohlen nach ihrer Telefonnummer, mit der Begründung, noch mehr über das Studium wissen zu wollen. Das war alles was ich an dem

Abend noch klar geregelt bekommen habe. Sarah brachte mich kotzend nachhause.

Nachdem mir alles wieder klar wurde, überlegte ich, ob ich sie anrufen soll. Aber auch nüchtern hatte ich keine Zweifel. Es war mir alles scheiß egal, ich musste ihre Nummer wählen.

Ich sagte ihr ohne Umwege, dass wir uns treffen sollten. Und sie sagte sofort: „Komm doch bei mir im Wohnheim vorbei."

Nach der Schule setzte ich mich sofort in den Regional Express nach Duisburg. Sie zeigte mir ihr kleines Zimmer, das quasi nur aus Schreibtisch und Bett bestand. Wir saßen auf dem Bett, sie erzählte mir was vom Studium. Lange kann es nicht gedauert haben, denn schnell lagen wir und hatten Sex.

Die Wochen und Monate vergingen wie im Flug. Alles was ich in dieser Zeit denken konnte, war wann ich wieder in ihr Bett kam. Wobei wir es nicht mehr nur im Bett trieben. Sobald wir uns sahen, fielen wir wie Tiere übereinander her. Schafften es nicht mal ins Bett, wir machten es direkt auf dem Boden, auf ihrem Schreibtisch, im Stehen drückte ich sie gegen die Zimmertür, unter der Dusche und dann doch noch im Bett. Stundenlang, mehrere Male. Bis wir beide nicht mehr konnten. Und kaputt nebeneinander lagen.

Es war keinerlei Liebe. Für uns beide nicht. Wir sprachen nicht, es ging nur um das Eine. Diese Macht, die uns besinnungslos machte, gegen die wir nichts tun konnten. Nur mitreißen lassen, von diesem überwältigenden Sturm und immer tiefer in sie hineinzustoßen.

Ich wollte immer mit Sarah schlafen. Aber das konnte man nicht vergleichen. Ich kannte dieses Mädchen gar nicht. Es interessierte uns beide auch nicht weiter. Wir wollten die Zeit nicht mit Filmen oder Musik verschwänden, erst recht nicht mit Gedanken an eine gemeinsame Zukunft. Es gab keine persönliche Verbindung, nur das animalisch Körperliche.

Schuldgefühle oder Reue hatte ich nicht. Am

Wochenende lag ich wieder mit Sarah im Arm und ließ es mir mit dem Mund machen. Ihr viel scheinbar nicht auf, wie geschwollen meine Eichel war. Es hatte nichts mit Sarah zu tun, es war etwas völlig anderes, redete ich mir ein oder blendete es aus.

Auch wenn ich lächerlicher weise glaubte, diese Affäre würde nie ans Licht kommen. Musste es natürlich irgendwann soweit kommen.

Sarahs und meine Beziehung hätte vielleicht eine Chance gehabt. Wenigstens bis nach dem Abitur, wenn sie ihre Australienreise angetreten hätte. Wir hätten geschrieben und telefoniert. Nach einigen Wochen oder Monaten, hätten aber jeder sein eigenes Leben gehabt. Neue Leute kennengelernt, sich voneinander entfernt und vielleicht neu verliebt. Zudem wir auch völlig verschiedene Interessen hatten. Das war zumindest meine Sichtweise der Lage. Sarah sah das im Nachhinein völlig anders. Was ich damals noch nicht erkannt hatte.

Wäre ich nicht so ein Schwein gewesen und hätte

nicht mit der Freundin ihres besten Freundes ge-
schlafen, hätten wir uns irgendwann vielleicht
freundschaftlich trennen können und ich hätte nicht
diesen Scherbenhaufen hinterlassen.

Nachdem Sarah von meiner Affäre erfuhr, brach
sie sofort den Kontakt zu mir ab. Warf mir die Sachen vor die Tür und weigerte sich mit mir zu sprechen. Ich schrieb ihr Briefe und bat sie darum, ihr
die Sache erklären zu dürfen.

Tatsächlich willigte sie irgendwann ein und wir
trafen uns im Bredeneyer Olympgrill. Appetit hatten wir beide nicht. Ich holte uns beiden ein Malzbier. Sarah war blass und hatte Ringe unter den Augen. Wir schwiegen beide. Ich überlegte, wie ich
eine plausible Erklärung finden konnte. Ich wollte
ihr sagen, dass ich sie liebte. Und das nichts mit ihr
zu tun hatte. Es war nur Sex. Ich hatte keine Chance,
ich musste es tun. Ich wollte die Freundin ihres besten Freundes nur ficken und sie mich. Es gab keine
Gefühle nur Sex. Nicht einmal, sondern zigmal gingen wir nur unseren Trieben nach. Ich war nicht ich

selbst.

So sehr ich Sarah diese Wahrheit sagen wollte, ich konnte es nicht. Ich entschuldigte mich, blickte auf mein Malzbier, sagte dass ich sie liebe.

Sarah hatte Tränen in den Augen, stand auf und ging.

Ich saß noch eine ganze Weile in dem Imbiss am Bredeneyer Kreuz. Schaute durch das Fenster auf die verregnete Straße. Sah meine Silhouette in der Scheibe. Schaute wieder auf die beiden tutgut Malzbierflaschen. Ich widerte mich an.

Vor kurzem hatte ich mein Abitur mit Bestnoten geschafft. Hatte mich an der Uni Duisburg für Medienwissenschaften eingeschrieben. Und das, wobei ich wohl immer ein schlechter Schüler war. Sarah hingegen, die immer fleißig war, gute Noten seit der fünften Klasse hatte, ist durchs Abi geflogen, hat ihre Pläne für Australien aufgegeben. Und all das nur, weil ich so egoistisch war und mit der Freundin ihres besten Freundes schlafen musste.

Sarah hatte mich geliebt, geglaubt es ist ernst. Deshalb hatte sie so lange gewartet mit mir zu schlafen. Sie hat daran geglaubt, dass wir auch ein Jahr Australien überstehen konnten. Sarah hatte mich bedingungslos geliebt. Und ich habe sie zutiefst enttäuscht und ihr den Glauben an die Liebe genommen, ihr irreversibles Leid zugefügt. Mir wurde klar, dass ich das ganz bewusst und gewollt getan hatte. Nicht einmal während der Affäre hatte ich ein schlechtes Gewissen. Nicht einmal habe ich mich in Sarah hineinversetzt. Ich war es der eifersüchtig auf hypothetische Surfer und Farmer war. Ich hatte Sarah so sehr weh getan, dass es sogar ihre Zukunft versaute. Zum ersten Mal in meinem Leben wurde mir bewusst, ich konnte ganz selbstverständlich Menschen weh tun und verletzen. Mit dieser Erkenntnis verletzte ich mich auch selbst. Ich hatte die feste Absicht, dieses Verhalten zu ändern und diese Fehler nie wieder zu machen. Doch ich musste feststellen, dass es mir nicht gelang. Wann ich immer ich in den nächsten Jahren in die Situation kam, konnte ich mit vollem Bewusstsein Menschen weh tun. Diese Erkenntnis machte mich mehr fertig als meine pubertären Selbstzweifel, das wusste ich.

5

Die Zeit an der Uni war Zeitverschwendung. Ich kam mir wieder vor wie in den ersten Jahren am Gymnasium. Alles langweilte mich oder interessierte mich einfach nicht. Meinen Bachelor machte ich so nebenbei. An den Master wollte ich überhaupt nicht erst denken. Ich hatte eine belanglose Beziehung, die ich nach einem halben Jahr ohne große Streitigkeiten beendete. Ich hatte einen Job im Mudia Art, einer damaligen Großraumdiskothek in Essen. So schlug ich mir die Nächte um die Ohren und trank zu viel. Ich hatte keinen Plan was ich mit meinem Leben anfangen sollte. Den konservativen Lebenslauf meiner Kommilitonen verfolgte ich jedenfalls nicht. Nach meinem Abschluss bekam ich einen Bürojob bei einer Werbeagentur. Es war mehr eine Hilfstätigkeit. Telefonate beantworten, ein paar

Angebote schreiben, von Kreativität keine Spur. Ich konnte mir beim besten Willen nicht vorstellen so einen Job bis zur Rente zu machen und hatte auch keine Intentionen mich in dem Bereich nach oben zu arbeiten. Nach sechs Monaten kündigte ich, jobbte nur noch im Mudia Art und lebte ansonsten in den Tag hinein. Ich las, hörte Musik und machte etwas Sport. Eine klassische Karriere als Abteilungsleiter mit Haus, Frau und zwei Kinder konnte ich mir bei weitem nicht vorstellen.

Ich ging oft mit Frauen aus. Mit einigen traf ich mich mehrmals. Aber in der Regel wurde mir schnell langweilig und ich ließ keine Nähe zu. Diese Frauen gaben mir nicht das wonach ich suchte. Es fehlte mir etwas. Je mehr die Jahre vergingen und ich immer schneller auf die Dreißig zuging, zog ich mich immer mehr zurück. Der Job in der Disko brachte mir genug Geld, um mehr oder weniger gut über die Runden zu kommen. Ich lernte dort viele Leute kennen, legte aber keinen Wert darauf diese Kontakte auch tagsüber zu pflegen.

Ich würde nicht behaupten depressiv gewesen zu sein. Wie in meinen Jugendjahren war ich nachdenklich. Ich erinnerte mich oft an Eva oder an Sarah. Wo sie jetzt lebten, ob sie in einer Beziehung waren, einen Job hätten oder gar schon Kinder. Ob sie glücklich wären? Ich stellte es mir vor sie wiederzusehen, wünschte es mir mehr als alles andere. Noch einmal mit ihnen reden zu können, nochmal dieses vertraute Gefühl genießen. Ich überlegte, wie ich sie finden könnte, ließ dann aber doch jeden Anlauf wieder fallen. Stattdessen trank ich mehr und versank in bittersüßen, melancholischen Erinnerungen.

6

Einmal jedoch in dieser Zeit, in der ich so seltsam durch mein Leben trieb, begegnete ich einer Frau, die mir in meiner Erinnerung immer rätselhaft blieb.

Mit Kollegen aus dem Mudia Art war ich zum Billard spielen im Nord. Einer Bar am Essener Viehofer Platz. Eine ranzige Rock Kneipe, in der ersten Etage standen mehrere Billardtische, deren verblichene Tücher durch verrauchtes Licht beleuchtet wurden. Es war eng und laut. Bei jedem Stoß mit dem Queue musste man aufpassen, nicht Spielern an einem anderen Tisch ein Auge auszustechen. Ein paar Becks hatte ich schon getrunken, ich redete mir ein dann besser treffen zu können.

Ich hielt meinen Queue auf die weiße Kugel gerichtet und zielte auf die schwarze Acht als ich im Augenwinkel eine Gruppe Frauen die Treppe hochkommen sehe. Wie immer in meinem Leben waren Frauen das was mich ablenkte, egal in welcher Situation meines Lebens. Die Gruppe war offensichtlich auf der Suche nach einem freien Billardtisch. Es war ein Junggesellinnenabschied. Die eine mit Glitzerdiadem im Haar und vor sich trug sie einen Bauchladen, ähnlich wie die Candygirls im Mudia Art, jedoch verkaufte sie keine Zigarren, sondern anzügliche Scherzartikel, Kondome und kleine Feiglinge. Ganz klar war sie die zukünftige Braut. Mehr als die Braut weckte allerdings eine andere Frau meine Aufmerksamkeit, die ich erst bemerkte als sie sich gerade wieder umdrehte, um die Treppe wieder herunter zu gehen, wobei ihr eine Streichholzschachtel aus der Hosentasche fiel.

Ihre strähnigen blonden Haare waren wild hochgesteckt, sie trug Docs, enge schwarze Jeans und ein kartiertes Holzfällerhemd. Ihre Statur war schmal, fast dürr.

Sie erinnerte mich an Eva. Konnte das sein? Meine Kollegen fragten mich, ob ich nicht endlich mal die Kugel stoßen wollte. Ich war wie paralysiert. Ich stoß daneben, rutschte an der weißen Kugel vorbei, stellte den Queue ab und ging auf den Balkon mit der schmiedeeisernen Brüstung und blickte hinunter. Die Gruppe des Junggesellinnenabschied ging Richtung Gertrudiskirche. Ich sah die schwarze Jeans, das Karohemd, die Docs und die hochgesteckten Haare. Sie bewegte sich wie Eva. Ich wollte ihren Namen rufen. Aber ich bekam keinen Ton raus. Ich wollte ihr hinterherrennen. Aber hinter mir stand schon Max mit einem Becks in der Hand. Ich nahm das Bier, rauchte mit Max eine Zigarette. Er fragte was los sei, aber ich antwortete nicht. Meine Gedanken waren bei Eva. Ich hob noch die Streichholzschachtel vom Sheraton Hotel auf, die der Frau beim Umdrehen aus der Hose fiel auf und steckte sie in meine Hosentasche.

Meine Kollegen bestellten ein Taxi. Als ich am

nächsten Morgen aufwachte, suchte ich als erstes nach der Streichholzschachtel. Sie war nicht da.

7

Die nächste Zeit sollte ich mehr oder weniger in meiner Wohnung verbringen. Ich fühlte mich wie ein Gelähmter ans Bett gefesselt, unfähig irgendwas zu unternehmen. Soziale Kontakte versuchte ich einfach zu meiden, antwortete nur auf die nötigsten Nachrichten.

Nachts träumte ich von Eva und Sarah. Sie ließen mich nicht los. In meinen Träumen erschienen sie mir als wundervolle Fabelwesen wie Nymphen oder Elfen, manchmal wie eine herrische Kleopatra. Mal jung und zerbrechlich, dann wieder dominant und selbstbewusst. Mich strafend für die Fehler die ich gemacht hatte.

Tagsüber fühlte ich mich fühlte ich mich einfach nutzlos und ausgelaugt. Ich sprach mit mir selbst, stundenlang. Diskutierte mit mir meine Träume und schaute beängstigt immer wieder aus dem Fenster.

Wenn ich mich aus dem Bett bewegte, begann ich aufzuräumen und zu putzen. Es musste alles gereinigt und aufgeräumt sein. Überflüssige Möbel, oder Dekorationen räumte ich in den Keller. Bilder hängte ich ab. Die Reduzierung auf ein Minimum war meine Devise. Nichts Überflüssiges, nichts was mich einengte oder mich verwirren konnte. Es war gleichzeitig wie eine Hygiene meiner Psyche.

Ich ging doch ab und zu aus der Wohnung, um mir Putzmittel und Abfallbeutel der Stadt Essen zu kaufen. An jeder Ecke und bei jedem Weg schaute ich mich um, weil ich Blicke spürte. Und in der nächsten Straße konnte mir wieder Eva oder Sarah begegnen.

Ein Abfallbeutel kostete zwei Euro fünfzig. Alles was mir als Ballast erschien stopfte ich hinein. Bettwäsche, Vorhänge, Kleidung, Geschirr. Einfach alles was mir trotz Reinigen nicht sauber genug erschien. Ich bewahrte die Säcke so lange in der Wohnung auf, bis zu dem Tag, an dem wieder die Müllabfuhr kam, damit sie nicht auffällig vor der Hauswand standen.

8

Ich musste raus. Raus aus meiner Wohnung. Es musste zwangsläufig etwas passieren. Dieser Rückzug konnte nicht so weitergehen. Hätte ich einen Psychiater aufgesucht, hätte er mir mindestens eine handfeste Depression diagnostiziert. Wenn nicht noch schlimmeres. Meine Zwänge und Ängste wurden von Tag zu Tag intensiver und ich hatte noch den Rest gesunden Menschenverstand, um diesen Teufelskreis zu durchbrechen. Ich flog nach Ibiza.

In meiner Kindheit war ich oft auf Ibiza. Meine Eltern nahmen mich überall hin mit. Ich spüre noch immer die Bässe in meinem Magen vibrieren als ich mich morgens um drei in einer Diskothek zum Schlafen legte. Daher kam wohl auch meine Begeisterung für das Nachtleben. In den Clubs konnte ich den Alltag einfach vergessen. Die Musik war zwar nicht nach meinem Geschmack, aber sie war laut genug, um die Stimmen in meinem Kopf zu übertönen.

Auf Ibiza sollte ich mich jedoch nicht nur ablenken von meiner Depression, ich sollte auch die Frau kennenlernen, die ich heiraten würde.

Maria hätte ich auch zu Hause kennenlernen können, denn sie machte ihren Master an der Universität Duisburg-Essen. In den Semesterferien jobbte sie jedoch im Pub ihrer Eltern in St. Antonio. Ihre Mutter war Engländerin, die einen Ibizenker heiratete und gemeinsam eröffneten sie einen Pub. Es war nicht schwer mit Maria, die hinter der Bar arbeitete, ins Gespräch zu kommen, da sich nur wenige Deutsche in den Pub verirrten. Und dazu noch jemand, der an derselben Uni studiert hatte. Die Welt ist nun mal klein.

Unser Kennenlernen war wenig romantisch. Ich saß halb betrunken an der Bar und führte eine Diskussion mit Jose, Marias Vater, über Cognac. Er holte ein Eimergroßes Cognacglas hervor, spülte es einmal durch. Es schwamm noch etwas Spülmittel darin, als er es mit Cognac füllte und mir reichte. Maria sah mich noch kopfschüttelnd an, als ich den ersten Schluck nahm und mich sofort über den Tresen beugte, um mich im Waschbecken zu übergeben.

9

Am Morgen nach dem Cognacunfall im Pub, wusste ich nicht wie ich nachhause gekommen war. Ich wachte auf, lag im Bett und hatte nur Durst. Gut, dachte ich, dass mir das hier als anonymer Tourist auf Ibiza passierte. Ich versuchte auf dem Nachttisch nach Wasser zu greifen. Fand aber nur einen Zettel. Marias Telefonnummer.

Ich musste duschen und einen schwarzen Kaffee trinken, um den Abend zu rekonstruieren und den Mut zu fassen Maria anzurufen. Ich befürchtete sowieso, sie hatte mir irgendeine Nummer aufgeschrieben, nur um mich loszuwerden. Aber tatsächlich ging sie dran. Sie lachte über den gestrigen Abend und schien mir nichts nachzutragen. Im Nachhinein betrachtet, war sie von Ihren Gästen im

Pub wohl schlimmeres gewohnt.

Maria hatte auch am Telefon ein ansteckendes Lachen. Und so konnten wir beide kaum aufhören über den gestrigen Abend zu lachen. Spontan fragte sie mich, ob ich abends mit zu einer Party kommen wolle. Nachdenken konnte ich noch nicht. Ich wusste nur, ich würde sie gerne wiedersehen. Also sagte ich zu.

Maria holte mich pünktlich um 19.30 Uhr ab. Zu diesem Zeitpunkt wusste ich noch nicht, worauf ich mich eingelassen hatte.

Maria lehnte an ihrem schwarzen 5er BMW. Passend dazu trug sie ein schwarzes knielanges Kleid aus Samt und hohe Absätze. Sie hatte lange schwarze Haare, blasse Haut und dunkelroten Lippenstift. Und zwischen ihren Fingern, mit den langen künstlichen Fingernägeln, glimmte eine super slim Eve Zigarette. Sie grinste mich an und deutete mir mit einer Kopfbewegung, dass ich auf der Beifahrerseite einsteigen sollte. Ich sank auf die Büffelledersitze und im selben Moment drückte Maria das Gaspedal bis zum Anschlag durch. „Du weißt schon das hier 50 ist?", sagte ich und hielt mich in an der Tür fest. Ihre lapidare Antwort war: „Ich bin mit der Policia Local befreundet."

Sie fuhr mit einem Wahnsinns Tempo über die Insel, über kleine Gassen, durch kleine Dörfer. Bis sie irgendwo vor einer kleinen eingeschossigen Finca den BMW zum Stehen brachte. Ich hatte mir den Ort der Party anders vorgestellt. Aber als konnte sie meine Gedanken lesen, sagte sie: „Wir machen nur einen kleinen Abstecher, meine Oma hat heute Geburtstag." Und ehe ich mich versah, war ich, in einer alten drei Zimmer großen Finca, zusammen mit der gesamten Familie von Marias Familie. Unser erstes Date hatte sich komplett anders entwickelt als erwartet. Aber meine anfängliche Nervosität, lies nach den ersten Schnäpsen mit Marias Oma schnell nach. Es war einfach eine überwältigende Herzlichkeit. Bei einer riesigen Paella wurde ich von der riesigen Familie schnell aufgenommen und vor allem ausgefragt. Von Jose wurde ich zum Glück mit Cognac verschont, er stellte mich allen vor. Als wenn wir uns schon Jahre kennen würden. Ich trank mit Marias Cousins und Cousinen, lernte die Polizisten der Insel kennen. Dabei hatte mich Maria immer im Blick und zwinkerte mir ab und an zu als hätte sie Mitleid mit mir und gleichzeitig machte sie sich lustig.

Gegen halb zwölf nahm sie mich am Arm und zog mich raus. Ich konnte mich nur kurz von allen verabschieden. Dann gingen wir zum BMW und sie sagte: „Auf geht's zur Party." und ich dachte mir, das wäre schon die Party gewesen.

Wir kamen bei einer Burgruine an. Alles war mit Fackeln und Lagerfeuern beleuchte. Im Inneren der Ruine spielte eine Band. Maria stellte mich ihren Freunden vor und drückte mir eine Flasche Whisky in die Hand. Wir tanzten und trunken. Geredet haben wir wenig. Aber unsere Blicke trafen uns immer. Maria war nicht so hübsch wie ihre Freundinnen, hatte nicht diese typisch spanische Bräune. Der englische Einfluss ihrer Mutter kam da durch. Ihre

Figur war in jeder Hinsicht kurvig. Aber sie hatte eine besonders elegante Art. Wenn man sie so sah, hätte man es fast als Arroganz deuten können.

Die Party in dieser Atmosphäre gefiel mir gut. Es war weit ab vom Tourismus. Ich war der einzige Deutsche unter all den Spaniern. Fühlte auch mich aber auch nicht fremd. Und so verging die Nacht wie im Flug und wir waren auch schon weiter gezogen mit einer kleinen Gruppe zum Strand. Wir lagen auf den Sonnenliegen und gingen nackt im Meer schwimmen. Es gab eine große Wassermelone gefüllt mit Wodka und ein Joint wurde herumgereicht. Zum ersten Mal in dieser Nacht konnten Maria und ich miteinander reden. Von Anfang an, waren unsere Gespräche offen, ehrlich und tiefgründig. Sie erzählte mir von ihrer Zeit auf einem katholischen Mädcheninternat und das die Mädchen da oft gar nicht so brav sind. Aber auch ernste und tiefgründige Gespräche gab es zwischen uns. Da war es wieder dieses Gefühl, wie damals mit Sarah oder Eva. Was mir so lang gefehlt hatte.

Die Sonne ging langsam auf und Maria nahm mich wieder mit zu ihrem BMW, der unter Kiefern, auf einem leeren Parkplatz geparkt war. Damals dachte ich Sex am Strand wäre etwas Besonderes. Aber Maria erklärte mir, dass das durchaus Nachteile hatte. Und die Rückbank und die Motorhaube des 5ers durchaus seine Vorzüge hatten. Es war heiß, sowohl auf den Sitzen als auch auf der Motorhaube. Maria lag vor mir und ich hatte zu Beginn des Abends nicht erwartet, dass sie so leidenschaftlich sein konnte. Wir trieben es, bis es taghell war, wenn auch das uns gar nicht bewusst war. Die ersten Touristen fuhren auf den Parkplatz und wir lagen noch nackt auf der Rückbank.

10

Die Tage nach dieser Nacht verbrachte ich so viel wie möglich in Marias Nähe. Meistens vor der Theke im Pub, wobei ich meinen Alkoholkonsum auf das Minimum reduzierte. Mit ihr konnte ich weniger reden als mit ihrem Vater. Wir sprachen über die Gastronomie und seine neuen Projekte. Ich mochte ihn, er war witzig und dabei sehr bodenständig und ehrlich. Trotzdem hatte ich nur Augen für seine Tochter, was ihm nicht unbemerkt blieb. Maria flirtete mit betrunkenen Engländern und kassierte dafür ordentlich Trinkgeld. Das gefiel mir.

Zwischendurch schaute sie zu mir herüber, verdrehte ihre Augen und schenkte mir ein ehrliches Lächeln. Mit der Aussicht, nach Feierabend die Nacht mit mir zu verbringen. Miteinander schlafen und bis in den Morgen reden, das war es was wir die nächsten Tage, bis zu meiner Abreise, taten. Und ich genoss es in vollen Zügen. Ich hätte nicht gedacht, das auf Ibiza zu finden. Meine Ängste und Zwänge waren wie weg, meine Gedanken kreisten nicht mehr nur um Eva und Sarah. Ich hatte nicht mehr diese Schuldgefühle. Das Gefühl etwas Neues aufbauen zu können war wunderbar und befreiend.

11

Die Erkenntnis ist etwas Sonderbares. Man bemerkt sie erst Stück für Stück. Wenn überhaupt. Die Distanz und die Zeit lassen einem erst bewusst werden was richtig und was falsch ist. Welche Sehnsüchte und Bedürfnisse man hat. Es ist wie ein Prozess, der die eigene Seele reflektiert. Ein Blick in einen Spiegel, der aber erst zeitverzögert das wahre Bild zum Vorschein bringt. Ich glaube, das ist es was buddhistische Mönche erleben, wenn sie in Einsamkeit meditieren. Bei mir kam diese Erkenntnis, als ich in Düsseldorf aus dem Flughafen kam und auf dem Parkplatz stand. Ich suchte nach Marias BMW. Ich wünschte sie würde mich abholen, wie an dem ersten Date auf Ibiza. Ich zündete mir eine Zigarette an, zog Rauch ein und blies ihn wieder aus. Einer dieser Touristen, die kommen und gehen, wollte ich bei Maria nicht bleiben. Es war mir auf einmal klar. Ich hatte mich verliebt, wie seit Jahren nicht mehr. Und ich wollte und musste diese Frau heiraten. Ich buchte sofort den nächsten Flug nach Ibiza.

12

Glücklicherweise gehen fast stündlich Flüge nach Ibiza. Zum Überbrücken verbrachte ich die Zeit in Duty-Free Shops und in der Raucherlounge, wobei mir dort schnell klar wurde, wie widerlich dieser Smog ist. In Gedanken ging ich den Antrag durch, den ich Maria machen würde. Als Teenager war mir dieser Moment immer vor Augen. Ein romantisches Abendessen, Kerzen, Rosen, Kniefall und der Ring. Aber jetzt hatte ich keinen Plan.

Bis ich endlich im Flugzeug saß, kam es mir wie eine Ewigkeit vor. Und dann, noch vor dem Start, fiel ich in einen tiefen Schlaf. Trotz des kurzen Fluges hatte ich einen intensiven Traum.

Ich wurde zurückversetzt in meine Kindheit, die erste Klasse an der Grundschule. Es war so reale, wie ich diese Zeit in meinem Traum wieder erlebte. In der ersten Klasse faszinierte mich ein Mädchen aus der Vierten. Ich kannte nicht ihren Namen. Sie war etwas pummelig und für ihr Alter schon sehr reif. Damals hatte ich eine Fantasie, die sich in meinem Traum wiederholte. Ich stellte mir vor, wie ich sie in einen Busch ziehe, sie küsse und andere Dinge mit ihr anstelle, die ich mir mit sieben Jahren nur schwer vorstellen konnte und nicht beschreiben konnte. Dieser präpubertäre Gedanke erlebte ich wieder in meinem Traum.

Etwas durcheinander wachte ich auf, als es in den Landeanflug ging. Ich überlegte, was meine Fantasie damals wohl bedeutete, dachte an die phallische Phase nach Siegmund Freud. Das eigene und das andere Geschlecht entdecken. Aber in einem Busch? Und warum träumte ich von dieser Erinnerung?

Beim Ausstieg aus der Maschine hatte ich bereits andere Gedanken. Ich brauchte einen Juwelier, einen Blumenladen und ein Taxi. Meine Müdigkeit wich einer Euphorie. Ich schmiedete einen Plan, während ich durch den Flughafen ging. Sprach alles laut vor mir her, meine Gedanken, meinen Plan. Der Taxifahrer musste etwas grübeln, nachdem dem ich versucht habe zu erklären was ich vorhatte. Aber ihm schien der Auftrag zu gefallen. Zumindest gab er ziemlich Gas. Wie kaum anders zu erwarten, kam der Wagen vor einem Laden zum Stehen, der einem Neffen des Taxifahrers gehörte.

Immer schon hatte ich die Idee von einem perfekten Verlobungsring, Weißgold mit einem Brillanten in einer Krabbenfassung. Der freundliche Neffe wollte mir alles verkaufen, nur nicht einen solchen Ring. Eine ältere Dame, die wohl seine Mutter war, hatte mich verstanden. Sie zog eine Schublade hervor, mit Ringen, die meinen Vorstellungen nahekamen. Zugegeben, ich war nicht gerade bei Tiffany & Co.. Ich fand einen Ring und musste feststellen, dass ich nicht Marias Ringgröße wusste. Sie hatte etwas schmalere Finger als ich. Also probierte ich einen Ring an und kaufte einen, der eine Größe kleiner war. Ich hatte außerdem keine Ahnung, wie lange meine Kreditkarte noch mitspielen würde. Aber da musste ich jetzt irgendwie durch. Mein Fahrer brachte mich weiter zu einem Blumenladen, in dem ich ein Dutzend Rosen kaufte. Dann ging es endlich zum Pub. Durch die ganze Hektik hatte ich keine Zeit, um nervös zu werden. Aber als wir vor dem Pub hielten wurde mir die Tragweite meines Projekts physisch bewusst. Mir war übel.

Der Pup war brechend voll. Ich gab dem Taxifahrer einen Haufen Geld und er wünschte mir mit gedrückten Daumen Glück.

Den Strauß Rosen hielt ich hinter meinem Rücken und ging über die Terrasse durch die feiernden Engländer. Es war ein einfacher Laden, mit dunkelgrünen Plastikstühlen unter einer Markise mit dem Werbeaufdruck eines englischen Bieres. Die Neonreklame der Bar erinnerte an die Londoner U-Bahn. Die angetrunkenen Gäste grölten mir zu „seven Nation Army" von den White Stripes.

Wie romantisch, ging es mir durch den Kopf. Im Inneren hing an der rechten Wand eine Leinwand, auf der ein Fußballspiel gezeigt wurde. Überall an den Wänden hingen Wimpel von verschiedensten Fußballclubs, von denen ich nur Manchester und Liverpool erkannte. Auf der linken Seite des Pubs war ein massiver Eichentresen, auf mindestens zehn Meter Länge eingebaut. Hinter einer Reihe von Zapfhähnen für Bier und Cidre stand Maria. Wie immer in einem schwarzen engen Kleid, blasser Teint und roten Lippen. Es war mir unmöglich auch nur einen Hauch von Romantik aufzutreiben. Sie bemerkte erst gar nicht, dass ich vor ihr stand. Ich legte die Rosen vor ihr auf den Tresen. Sie schaute vom Zapfhahn auf, ohne dass sie etwas sagen konnte, streckte ich ihr den Ring entgegen und rief ihr, dem Lärm entgegen, zu: „Sag einfach ja!".

Maria stand die Überraschung und Sprachlosigkeit ins Gesicht geschrieben. Im selben Augenblick schrie der ganze Pub, als wäre ein Tor gefallen, „say yes!". Endlich kam Maria hinter dem Tresen hervor, fiel mir in die Arme, küsste mich und flüsterte leise: „ja.".

Der Laden tobte und irgendwo an der Theke wurde schallend eine Schiffsglocke geschlagen. Ich musste eine Lokalrunde schmeißen.

13

Seit langer Zeit in meinem Leben, hatte ich das Gefühl, das Richtige getan zu haben. In Deutschland hatte ich keine richtigen Verpflichtungen. So konnte ich mich auf Ibiza, auf Maria einlassen und auf einen neuen Lebensabschnitt. Ich konnte versuchen mich von den verfolgenden Erinnerungen an Sarah loszusagen. Nach dem meine Familie aufs Land gezogen war, hatte ich auch weniger Kontakt zu meinen Eltern. Die paar Kilometer mehr oder weniger machten also keinen Unterschied. Nur meine Schwester fehlte mir. Fleur lebte nach ihrer exzessiven Alkoholabhängig in einer Psychiatrie. Oft hatte ich das Gefühl, sie im Stich gelassen zu haben. Aber wenn ich nicht selbst in einer Psychiatrie laden wollte, musste ich zu meiner Vergangenheit eine gewisse Distanz aufbauen. Aus Selbstschutz.

Ich war glücklich auf Ibiza, glücklich mit Maria. Und ich wuchs immer mehr in ihre Familie hinein.

Dennoch dachte ich oft über meinen Antrag nach. Für eine Fehlentscheidung hielt ich ihn nicht, war ich doch überzeugt Maria heiraten zu wollen. Ich fragte mich mehr, woher ich diesen Mut genommen hatte. Im Nachhinein kam es mir vor wie ein Roulettespiel. Alles auf Rot. Nichts geht mehr. Maria hatte ich bei diesem Roulettespiel völlig außer Acht gelassen. Ich wollte sie heiraten, da gab es kein Ja oder Nein. Kein Schwarz oder Rot. Nur Rot. Sie überrumpelt zu haben in meinem Wahn, fiel mir erst später auf. Aber letztlich spielte es keine Rolle. Sie hatte „ja" gesagt, sie liebte mich und ich war plötzlich Teil ihrer Familie.

14

Arbeiten musste ich auf Ibiza natürlich auch. Also jobbte ich im Pub von Maria. Es machte mir Spaß mit Maria zusammen zu arbeiten und letztlich war es ja dasselbe was ich in Essen gemacht habe, hinter der Bar arbeiten. Mit Marias Vater verstand ich mich auch immer besser und so übernahm ich im Pub mehr und mehr administrative Aufgaben, wie die Abrechnungen und die Bestellungen. Ich war erstaunt, wie mir Marias Vater, nach so kurzer Zeit, so viel Vertrauen entgegenbrachte Das kannte ich von meinem Vater nicht. Er kontrollierte alle. Nicht mal meiner Mutter vertraute er. Unterstellte ihr nicht nur, dass sie Geld unterschlug, sondern er war überzeugt, sie hätte ihn mit jedem betrogen. Einmal soll meine Mutter etwas mit der Frau eines Bekannten gehabt haben. Mein Vater fühlte sich grundsätzlich von jedem verfolgt und bedroht. Diese Offenheit von Marias Vater war für mich zunächst befremdlich und gewöhnungsbedürftig.

An einem ruhigen Nachmittag in dem Pub, bat mich Marias Vater ihn zum Strand Es Callet zu begleiten. Er verriet mir nicht was wir da wollten und ich konnte mir nicht vorstellen, dass er mit mir einen Badeausflug machen wollte.

Wir fuhren mit dem Wagen vorbei an den Salzfeldern von Las Salinas und hielten vor einer leerstehenden Finca. Das kalkweiße flache Gebäude war schon etwas in die Jahre gekommen, aber die klare Architektur hätte damals wohl Walter Gropius und seinen Bauhausstil inspiriert.

Marias Vater schloss die große doppelflügelige Eichentür auf und wir standen in einer staubigen Halle mit Balkendecke. Auf der gegenüberliegenden Seite war auf der gesamten Länge des Gebäudes eine Fensterfront, die nur durch Säulen unterbrochen wurde. Dahinter erstreckte sich eine riesige Terrasse, der Strand und das türkisblaue Meer. Ich war beeindruckt und schaute Marias Vater fragend an. Es war sein neues Projekt. Ein Beach Club und ich sollte sein Geschäftsführer werden. Er bat mich um alles zu kümmern, von der Renovierung bis hin zur Cocktailkarte. Bei allem hatte ich freie Hand. Ich war sprachlos.

15

Die Renovierung der Finca ging gut voran. Wie besessen war ich von diesem Beach Club. Die Fensterfront auf der Rückseite des Gebäudes ließ ich komplett ausreißen. Nur die vom Wind und Salz ausgewaschenen Sandsteinsäulen ließ ich stehen. Ich rechnete mit einer Saison von Ende April bis September, daher brauchte man keine Fensterfront, durch die man bei den Salzablagerungen nichts sehen konnte. Alles wurde bis ins kleinste Detail geplant. Es sollte modern sein, aber die klassische rustikale Fincaarchitektur sollte erhalten bleiben. Die weiß gekalkten Wände wurden durch blasse türkisblaue Kissen und Polster abgesetzt, die so das Meer widerspiegelten. Nach denn Sonnenuntergängen sollte viel offenes Feuer und Kerzen das Konzept abrunden. Ich führte Gespräche mit Köchen, die meine Idee von einer Mischung aus typischer spanischer und asiatischer Küche umsetzen sollten. Zeitgleich lernte ich Spanisch, da ich schnell merkte, dass keine Lieferanten oder Handwerker Deutsch oder Englisch sprachen oder sprechen wollten. Ich war Tag und Nacht mit meiner Aufgabe beschäftigt. Und in dem wenigen Schlaf, den ich fand, träumte ich von dem Beach Club.

Meine Hochzeit mit Maria fand fast beiläufig statt. So euphorisch ich noch bei ihrem Antrag war, umso euphorischer war ich doch bei dem Ausbau des Beach Clubs. Es war eine kleine standesamtliche Trauung. Mein Spanisch war so gut, dass ich die Fragen des Standesbeamten beantworten konnte und sogar einen kleinen Liebesschwur vortragen konnte. Marias Familie war da, mit allen Cousinen und Cousins. Meine Eltern waren auch gekommen. Sie verstanden sich gut mit Maria und ihrer Familie, schienen glücklich darüber, dass ich endlich eine feste Bindung hatte und dabei war mir eine Existenz aufzubauen. So entspannt hatte ich meine Eltern selten erlebt. Fast wichtiger als meine Hochzeit war es mir, meinem Vater den Beach Club zu zeigen, der ihm auch anerkennend gut gefiel.

Die Feier fand auf der noch nicht ganz fertigen Terrasse des Clubs statt. Es gab Spanferkel. Es war ein besonders schöner Sonnenuntergang. Ich beobachtete Maria, wie sie in ihrem weißen Kleid mit ihrem Vater tanzte. Unter dem Kleid zeichnete sich leicht eine Wölbung ab. Maria war schwanger.

Als ich Maria so beobachtete und meinen Wein trank, dachte ich für einen Augenblick mal nicht an die Eröffnung. Ich sah sie, ihren Bauch, ich liebte sie. Und auf einmal kam ein Vernichtungsschmerz in mir auf. Ich hatte keinen Herzinfarkt. Es war mehr psychisch als physisch. Es war die Angst, nein, das Bewusstsein, ich könnte Maria verletzen, ihr Schmerz zufügen.

Wie ein Blitz schoss mir eine Kindheitserinnerung durch den Kopf. Ich sah die Hummeln vor mir. Die Hummeln, die damals in den Rhododendronbüschen vor unserem Haus umherschwirrten. Sie summten in den zartrosa Blüten. Sie waren dick, weich und rund. Mit der Hand habe ich sie gefangen, ihnen die Flügel ausgerissen und beobachtet, wie sie hilflos weiterlebten, ohne fliegen zu können. Ich hoffte das täte ich nicht mit Maria.

16

Der Beach Club lief besser als ich es je erwartet hatte. Anfangs hatte ich noch mit hinter der Bar gearbeitet, aber das Administrative war zu viel. Buchhaltung, Lieferanten, Personal und das alles auf Spanisch. Dies wurden meine Hauptaufgaben. Ich richtete mir ein Hinterzimmer als Büro ein und hinter dem Hinterzimmer ein kleines Schlafzimmer. Die Nächte waren lang und bis ich die Abrechnungen mit allen Mitarbeitern gemacht hatte, war es nicht selten fünf Uhr morgens. In unsere Wohnung in der der Altstadt von Ibiza fuhr ich meistens kurz am Nachmittag zum Duschen. Maria sah ich nur selten. Sie arbeitete, bis kurz vor Geburt unseres Kindes, im Pub.

Der Club war einzigartig und es erfüllte mich,

dass sich alle meine Ideen verwirklicht konnte. Die Einrichtung, die Cocktails, die Musik. Ohne dass mir jemand sagte was ich machen sollte, es funktionierte. Ich hatte eine Umsatzbeteiligung und in meinem Leben noch nie so viel Geld verdient. Es hätte nicht besser laufen können. Ich war glücklich verheiratet, wir erwarteten unser erstes Kind und ich war beruflich erfolgreich. Das Ganze hätte mich beruhigen sollen, aber das Gegenteil war der Fall. Ich fühlte mich als hätte ich mir mein Leben unrechtmäßig erworben. Hätte mir mein Schwiegervater nicht diese Chance geboten, würde ich wohl selbst noch als Aushilfskellner jobben. Ich hatte es mir selbst zu einfach gemacht. Ich musste nicht kämpfen, mich nicht hocharbeiten. Das gab mir ein tiefes Gefühl der Minderwertigkeit. Auch wenn mir mein Schwiegervater das nicht offensichtlich zu spüren gab. Aber ich fühlte es, dieses: „Ohne mich bist du nichts!". Aber nicht nur mein Schwiegervater, sondern meine Mitarbeiter, Kellner, Köche alle redeten über mich. Sobald ich ihnen den Rücken zudrehte ging es los. Der Deutsche, der die Tochter des Chefs vögelt und selbst Chef wird. Lachen hörte ich sie hinter meinem Rücken und die Blicke, die sie sich zuwarfen. Sie waren so scheinheilig. Wenn sie mit mir sprachen, waren sie höflich, lustig und hilfsbereit. Sobald ich außer Sicht war, konnten sie über mich herziehen und noch schlimmer, mich betrügen. Ich konnte keinem dort trauen. Über den Kassen und an den Getränke- und Speiseausgaben ließ ich Kameras anbringen. So konnte ich meine Mitarbeiter vom Büro aus sehen. Ich konnte an meinem Schreibtisch sitzen, den Papierkram erledigen und hatte gleichzeitig alles auf meinem Monitor. Das schwarz-weiß Bild war in vier Fenster aufgeteilt. Die Kameras hatten keinen Ton. Aber wenn ich die einzelnen Fenster heranzoomte, konnte ich genau die Gesichter sehen, die Lippen. Ich lernte Lippenlesen und konnte jedes Wort verstehen, sofern sie der Kamera zugewandt waren. Und was ich sah wandelte sich in meinem Kopf in die Stimmen um. Ich verstand genau was sie über mich redeten. Ihr Geläster über mich und Maria und wie sie sich Geld rausziehen wollten. Jedes Wort hörte ich und sah ihre Missgunst in ihren Augen. Manchmal schauten sie hoch zur Kamera, dann schreckte ich zurück, als könnten sie mich auch sehen und hören.

Mein Büro und meinen kleinen Schlafplatz verließ ich immer seltener. Von dort hatte ich alles im Blick und unter Kontrolle. Die Tür zum Büro hatte ich verstärken und mit einem automatischen Schloss versehen lassen. Wollte ein Mitarbeiter zu mir, konnte ich die Tür per Knopfdruck, vom Schreibtisch aus, entriegeln. So fühlte ich mich sicherer, dass mich nicht einer der Mitarbeiter überraschen oder überfallen konnte. Für die Tageseinnahmen hatte ich außerdem einen Safe in die Wand einbaut. Ich beauftragte einen Sicherheitsdienst, der die Einnahmen morgens abholte und zur Bank brachte. Ich hatte mir meine eigene kleine Zentrale gebaut, von wo ich alles überwachen und steuern konnte.

17

Als meine Tochter geboren wurde, musste ich mich aus meiner kleinen Bürowelt losreißen. Mir war bewusst, ich hatte Maria in den letzten Monaten sehr vernachlässigt. Jetzt hatte ich eine eigene kleine Familie und für die wollte ich auch da sein. Und mir fehlte auch die Nähe zu Maria, ich sehnte mich sogar danach wieder neben ihr einzuschlafen und aufzuwachen. Nur zwischendurch geweckt durch unsere Tochter.

Die Kontrolle im Beach Club abzugeben fiel mir nicht leicht. Mein Tagesablauf hatte ich komplett durchorganisiert. Morgens nach dem gemeinsamen Frühstück mit Maria und unserer Tochter Lea, fuhr ich in den Großmarkt einkaufen. Diese Aufgabe konnte ich nicht abgeben, damit ich die Kontrolle über die Ausgaben behielt. Für die Öffnungszeit des Clubs bis zum frühen Abend, hatte ich einen Schichtleiter bestellt. Einen Mitarbeiter, der mir bei meinen Überwachungen am unauffälligsten erschien. Abends war ich wieder in meinem Büro. Jedoch fuhr ich nach den Abrechnungen und dem Abschließen des Ladens immer zu Maria und Lea. So hatten wir die gemeinsame Nacht und das Frühstück. Maria und ich schliefen auch wieder miteinander.

In der Zeit der Schwangerschaft haben wir uns fast nicht gesehen und all das war eingeschlafen. Natürlich dauerte es nach der Geburt einige Zeit bis es überhaupt wieder möglich war miteinander zu schlafen. Die Zeit brauchten wir aber auch. Wir hatten uns zwar nicht auseinandergelebt, aber die Tatsache, dass wir wieder mehr Zeit miteinander verbrachten, schaffte auch wieder mehr Nähe und Intimität. Wieder in einem Bett zu schlafen, zusammen zu frühstücken. Es waren auf einmal viele ge-

meinsame Momente da. Kleine Berührungen, Um-
armungen waren auf einmal erotisch. Einfach das
Bewusstsein, die gemeinsamen Nächte gehörten
nur uns. Ein ganz anderer Sex als ich ihn zuvor erlebte: vorsichtig, langsam und zärtlich. Es ging
nicht darum einfach zu vögeln. Es reichte einfach,
dass wir uns eng aneinanderdrückten und unsere
Hände und Zungen freien Lauf ließen. Es war ein
intensiver Genuss mit allen Sinnen.

Ich hatte ein paar Mal was mit einer Kellnerin in
meinem Hinterzimmer. Aber es fühlte sich nicht an
als würde ich Maria betrügen. Es war schlichtweg
eine reine kurze Befriedigung, ohne jedes Gefühl.
Trotzdem lastete wieder ein Druck auf mir. Ich
hatte Maria betrogen. Auch wenn es so belanglos
für mich war. Wieder hatte ich es getan, wie damals,
als ich Sarah hintergangen hatte. Scheinbar hatte ich
daraus nicht gelernt oder mich auch nur irgendwie
weiterentwickelt. Ich fühlte mich wieder in meine
Pubertät zurückversetzt. Vielleicht hatte ich mich

aber doch verändert. Es fiel mir leichter einfach weiterzumachen und nicht bewusst weiter drüber nachzudenken. Maria und Lea standen jetzt in meinem Fokus und darum drehte sich alles. Wir führten tatsächlich ein normales Familienleben und den Beach Club hatte ich so weit wie möglich im Griff.

18

Die Realität sah anders aus. Zuviel Arbeit blieb im Beach Club liegen. Und die Qualität des Service, der Speisen und Getränke durfte auch nicht leiden. Ich musste wieder mehr organisieren, mehr arbeiten, mehr kontrollieren. Mein Blick auf den Monitor durfte nicht verloren gehen. Wer weiß, was in meiner Abwesenheit passierte? Sie redeten immer noch über mich. Ich konnte die Stimmen hören, auch wenn ich nicht im Laden war. Es war wie eine Funkverbindung, die direkt in meinen Kopf ging.

Ich überlegte die gesamte Belegschaft auszutauschen. Neue Mitarbeiter kannten mich und meine Familie nicht. Sie würden sich nicht kennen und konnten so nicht so schnell Strategien entwickeln, um mir zu schaden oder Geld zu stehlen. Auf einer kleinen Insel wie Ibiza, sprachen sich solche Sachen schnell herum. Aber das Risiko musste ich auf mich nehmen.

Es war nicht einfach in der Saison neue Mitarbeiter zu finden. Zumindest nicht von heute auf morgen. Viele Gespräche musste ich führen, außerhalb des Clubs. Ich traf mich mit potenziellen Kandidaten in Cafés. In kürzester Zeit versuchte ich sie zu durchleuchten. Die fachlichen Qualifikationen waren weniger wichtig. Vielmehr musste ich herausfinden, ob sie loyal sein würden. So oder so war es nur eine Frage der Zeit, bis sie mir in den Rücken fallen würden. Aber diese Zeit sollte möglichst lange dauern.

Zeit war das Problem überhaupt. In kürzester Zeit musste ich ein neues Team zusammenstellen, bevor dem Alten bewusstwurde, dass ihre Zeit abgelaufen war. Ich fühlte mich wie ein Kapitän, auf einem Piratenschiff. Wir beuteten die Gäste aus. Aber meine Mannschaft wurde überdrüssig, wollte mehr von der Beute und stand nicht mehr hinter ihrem Kapitän. Die Stimmung an Bord war angespannt und unruhig. Es braute sich etwas zusammen. Eine Meuterei gegen den Kapitän. Einer von ihnen würde mich über Bord stoßen. Einer war ihr neuer Kapitän. Mein Schichtleiter, mein erster Offizier? Er hatte sich bei den anderen Matrosen sehr beliebt gemacht. In meiner Kapitänskajüte starrte ich auf den Monitor und las die Lippen meines ersten Offiziers: „Der Kapitän muss weg, der Kapitän muss weg, der Kapitän muss weg...".

Aber der Kapitän war schneller. Innerhalb von einer Woche hatte ich eine neue Mannschaft zusammen. Als ich die alten Matrosen entließ, waren sie völlig ahnungslos. Oder sie taten so. Es war ein fliegender Wechsel, nur so ging es. Ich hoffte, der neuen Mannschaft könnte ich Vertrauen schenken, aber ich fühlte mit Sicherheit, sie würden mich ebenso enttäuschen.

Die nächsten Wochen war die See glatt wie ein Spiegel. Mein Schiff lief wieder auf Kurs. Die neue

Mannschaft schien zu funktionieren. Trotzdem musste ich sie überwachen. Maria fragte jeden Tag wann ich endlich nach Hause käme zu unserem Kind. Ich versuchte ihr die verzwickte Situation zu erklären in der ich mich befand. Und wie viel Verantwortung ich doch als Kapitän hatte und auch damit für unsere Existenz als Familie. Um sie nicht gänzlich zu enttäuschen, öffnete ich den Beach Club dann erst ab nachmittags. So konnte ich bis dahin Zeit mit meiner Familie verbringen. Obwohl meine Gedanken immer beim Club waren.

An den Abenden im Club, zog ich mich immer wieder hinter meinen Monitor zurück. Beobachtete meine Mannschaft. Und las wieder jede kleine Boshaftigkeit von den Lippen ab. Sprach das Gelesene laut vor mir her. Zudem hatte ich immer öfter Schmerzen, mein Brustkorb engte sich ein, meine Atmung war schwer. Eine unerklärliche Mischung aus Angst und stechenden Schmerzen. Ähnlich dem, was ich an unserer Hochzeit fühlte. Aber dies-

mal war es nicht nur psychisch, sondern auch physisch. Dieser Schmerz wird mich töten.

19

In der Trostlosigkeit meiner Schmerzen und Ängste, ahnte ich nicht, dass auf einmal die Person wieder in mein Leben treten würde, die ich in meinen Erinnerungen ikonisiert hatte. Eva.

Es war ein gewöhnlicher Abend im Club. Ich beobachtete meine Mitarbeiter an der Bar, als ich eine Person entdeckte, die mein Interesse weckte. Eine Frau setzte sich an den Tresen. Zunächst sah ich nur ihren Rücken. Eine zarte Person, mit schwarzer Bikerlederjacke und einer perfekt sitzenden schwarzen Jeans. Ihre Haare zu einem Pferdeschwanz gebunden. Blond mit Strähnen die in ihr Gesicht vielen. Das konnte doch nicht möglich sein, ihre Art sich zubewegen, ihre Haltung. Es blieb mir nur eine Möglichkeit, ich musste meinen gesicherten Raum verlassen und zur Bar gehen, um ihr Gesicht zu sehen.

Verloren und unsicher stand ich am Ende des Tresens meines eigenen Clubs. Sie stütze ihr Kinn auf die am Tresen gelegten Ellenbogen. Kein Blick nach rechts oder links, als ob sie auf jemanden warten würde. Ihr Gin Tonic leerte sich Zusehens und es wurde sofort für Nachschub gesorgt. Sie wirkte völlig entspannt, als würde sie das Treiben um sie herum nicht tangieren. Es wirkte als wäre sie in ihrer eigenen Welt, oder es gäbe keine Welt um sie herum. Keine Frage, um sie drehte sich der Kosmos. Alle anderen waren nur Satelliten oder Monde, die durch Ihre Anziehungskraft um sie ihre Kreise zogen.

Ihr Kopf hob und drehte sich exakt in meine Richtung und ihre stechenden Augen fixierten mich. Durch ihren Blick versteinert lehnte ich am Tresen, unfähig zu jeglicher Interaktion. So sah ich sie, wie paralysiert auf mich zu kommen, ohne den Blick von mir zu lassen. Als sie direkt vor mir stand, brachte ich nur ein einziges Wort heraus: „Eva?".

„Ja, Oscar.". Antwortete sie.

Ihre Worte schlugen wie ein Echo gegen meine Schädeldecke. Ich spürte meine Beine nicht mehr, stütze mich auf den Tresen. Schweigend, sprachlos sah ich sie an. Sarah hatte sich kaum verändert. Ihr Gesicht wirkte erwachsen und jugendlich unschuldig zu gleich. Kleine Fältchen an Augen und Mund zeugten von einer dennoch bewegten Vergangenheit. Aber noch immer, nach all den Jahren, hatte sich eins nicht geändert. Ihr Brustkorb hob und senkte sich beim Atmen und man sah ihre Nippel, wie Knospen, sich unter ihrem weißen Shirt auf und ab bewegen. Wie damals, als wir zusammen Nirvana hörten.

Eva legte ein Päckchen Streichhölzer vom Sheraton Essen Hotel auf den Tresen.

„Du warst es also doch damals im Nord?", fragte ich mit leiser Stimme.

„Ja, das war ich. Also hast du mich doch nicht

vergessen?".

Meine Stimme kam langsam zurück und wir sprachen bis in den Morgen.

20

Wellen und Sand umspülten meine Beine, die Sonne brannte in meinen Augen und auf meinem nackten Körper. Ich fühlte mich wie im Delirium. Erst wusste ich nicht, wo ich war, nur langsam kam die Erinnerung an die letzte Nacht zurück. Ich lag nackt am Strand vor dem Club.

Sarah und ich redeten die ganze Nacht. Es war vertraut und doch so fremd. Über unsere gemeinsame Zeit, unsere Musik. Es war wie in einem Film, den wir gemeinsam gedreht hatten. Später erzählt sie von ihrem Leben, ihrer Fehlgeburt und wie ihr der tote kleine Körper aus dem Leib entnommen wurde. Nur für einen kurzen Augenblick konnte sie ihn in den Armen halten, bevor er ihr wieder entrissen wurde. Tränen flossen für einen Moment aus ihren Augen und perlten über ihre blassen Wangen.

Ihr Leben ging weiter, grau in grau. Nach ihrer Fehlgeburt hatte sie keinen festen Partner mehr, nur flüchtige Bekanntschaften. Die Fähigkeit, Vertrauen und Bindung aufzubauen, war ihr gänzlich verloren gegangen. Als Sozialarbeiterin betreute sie Obdachlose. Ihre Klientel fand schnell Vertrauen zu ihr, da sie eigentlich nichts anderes war. Zwar hatte sie eine Wohnung und ein Dach über dem Kopf, doch es war kein Zuhause für sie. Lediglich eine Schlafstätte mit ihren Habseligkeiten. Eine Heimat hatte sie nicht, Geborgenheit erst recht nicht. Sie lebte auf der Straße und für die Menschen, die sie dort traf. Vor meinen Augen konnte ich mir ausmalen, wie ihre zarten Hände die kalten schmutzigen Hände der Menschen umfassten und ihnen ohne große Worte Wärme schenkte. Eva brauchte keine Worte, ein Blick von ihr genügte. In ihren Augen konnte man lesen wie in einem Buch. Liebe, Sehnsucht und Mitgefühl, gezeichnet durch ihr eigenes

Leben. Ihr Blick war wie ein warmer Sonnenstrahl der sinkenden Abendsonne, bei der man sich wünscht, sie würde noch nicht untergehen.

Nach und nach wurde ich wacher, doch lag noch immer bewegungslos im Sand. Schmeckte das Salz auf meinen Lippen. Ohne Zweifel, ich würde einen schrecklichen Sonnenbrand bekommen. Meine Haut spannte, nur meine Füße wurden gekühlt, von der wiederkehrenden Brandung. Das stetige Rauschen versetzte mich wieder zurück in die vergangene Nacht.

Wir schwammen gemeinsam nackt in den schwarzen Wellen. Es war zum ersten Mal in meinem Leben nicht nur eine physische Anziehung und dem damit verbundenen Drang es miteinander zu treiben. Eine neue Erkenntnis in meinem Leben. Vielleicht kannte ich sie schon, nur war ich mir derer Existenz nicht bewusst. Wenn sich nicht nur die Körper verbinden, sondern auch die Seelen.

Es war wie das Tropfen von Honig in ein Glas mit frischer Minze. Das goldene Serum vermischt sich mit dem heißen Pfefferminztee. Gerührt, dampft der sinnlich süße Duft des Honigs, zusammen mit den frischen und würzigen Noten der Minze. Eine Mischung, die einfach eine Harmonie bildet und zusammen perfekt ist. Minze und Honig sind bestimmt dazu, verbunden zu sein.

So schwebten Eva und ich in den Wellen, ihre Schenkel um meine Hüften. Meine Hände hielten ihren Hintern fest. Ich spürte ihre Nippel an meiner Brust. Zwischen unsere Zungen spritze salziges Wasser. So trieben wir im Rhythmus der Wellen zurück an den Strand. Der Sand zwischen unseren Körpern rieb uns wund. Aber aufhören konnten wir nicht.

Ich schaute mich, von der Sonne geblendet, nach allen Seiten um. Eva war nicht mehr da.

21

Zählen konnte ich die Tage nicht mehr. Wusste nicht mehr welcher Wochentag war. Ich wusste nur es war Tage vielleicht Wochen her, seitdem Eva da war. Die Anrufe von Maria ignorierte ich. Schaltete das Handy aus und lies mich von den Mitarbeitern, mit einfältigen Ausreden, verleugnen. Seit der Nacht mit Eva war mein Blick nur noch auf den Monitor gerichtet, fixiert auf den Tresen. Aber die Hoffnung, dass Eva zurückkommen würde, schwand mit jedem Abend. Ich zerbrach mir den Kopf. Was war geschehen? Warum ist sie verschwunden? Wo war sie? Jedes Detail unserer Nacht ging ich nochmal und nochmal durch. Was sie trank, sie sagte, ihre Blicke, Bemerkungen, Gestiken. Versuchte mir alle Erinnerungen zurück zu holen. Das Einzige was mir in den Sinn kam, war die Streichholzschachtel vom Sheraton Essen. Warum hatte Eva zum zweiten Mal die gleiche Schachtel dabei? Sie war Sozialarbeiterin, was hatte sie mit dem Sheraton zu tun? Klar war mir nur, sie arbeitete in Essen.

Bevor ich im Auto saß, übertrug ich dem Betriebsleiter die Verantwortung für den Club und war auf dem Weg zur Schnellfähre nach Barcelona. Auf die Idee einen Flug nach Düsseldorf zu nehmen, kam ich nicht.

Die Schnellfähre war schon weg. Ich musste die Nachtfähre nehmen. Wie sich herausstellte, war die Kabine, die ich gebucht hatte, mit zwei älteren Damen belegt. Die Damen waren nicht gerade erfreut über einen männlichen Mitbewohner. So entschied ich mich die Nacht in einem Sessel der Schiffsbar zu verbringen. Bei der Gelegenheit bestellte ich mir noch einen Scotch. Schlafen konnte ich dort aber beim besten Willen nicht. Eine französische Schulklasse feierte die letzte Nacht ihrer Abifahrt.

Die Unruhe und das Treiben störte mich nicht

wirklich. Meine Gedanken en so oder so bei Eva. Ob ich sie tatsächlich finden würde? Und warum war sie wortlos gegangen? Mein Gewissen schlug mir ebenso auf den Magen. Ich hatte Maria betrogen, so wie damals Sarah. Obwohl mir doch damals bewusst geworden war, wie sehr man einen Menschen damit verletzen konnte. Ich hatte es wieder getan. Und noch schlimmer, Maria hatte seit Tagen kein Lebenszeichen von mir gehört. Es war nicht nur die Nacht, die ich mit Eva verbracht hatte. Mir war ganz und gar bewusst, ich lasse Maria leiden. Diesmal war es sogar im vollen Bewusstsein. Ich konnte es nicht mehr auf jugendliche Naivität schieben. Wieder würde ich einem Menschen weh tun und dass, obwohl mir das völlig klar war. Eva musste ich jedoch einfach wiedersehen. Da gab es kein Wenn oder Aber.

Mein unruhiger Blick wanderte umher und blieb dabei an einer Französin hängen, die allein an der Bar saß. Sie hielt ein Bier in der Hand, trank nicht, schaute nur in das Glas. Dabei sah sie aus als hätte ihr Freund aus dem Englisch Leistungskurs sie mit der Mitschülerin aus dem Biokurs betrogen. Ich stand auf und ging zu ihr an die Bar. Sie war blond, hatte blaue Augen und erinnerte mich an Sarah. Schüchtern, aber neugierig auf das was da kommt. Sie hatte einen leichten Schwips. Ohne zu fragen, verriet sie mir ihren Namen. „Elise". Elise war vielleicht siebzehn oder achtzehn. Das würde ich wohl nie erfahren. Sie hatte rote volle Lippen. Das schönste Beispiel wie man sich eine junge Französin vorstellt. Immer mit etwas Melancholie in den Augen. Wortlos schob ich ihr ein weiteres Bier rüber und bestellte mir auch noch eins. Wir stießen an. Ohne, dass ich ein Wort sagte, erzählte sie los. Ich hörte zu. Mein Französisch war nur mäßig, nach den vier Jahren, die ich es an der Schule hatte. Aber ich verstand, dass mein erster Eindruck von ihr, nicht täuschte. Ich hing bei jedem Wort an ihren Lippen. Für einen Moment wünschte ich mir sie zu küssen. Aber bestätigte ihr Gesprochenes nur mit einem Nicken oder Kopfschütteln. Vor nicht allzu langer Zeit hätte ich nicht gezögert, sie über den

Schmerz des Jungen aus dem Englischkurs hinweg zu trösten. Nein, ich gab ihr Küsschen links und rechts und verabschiedete mich. Dann legte ich mich auf zwei zusammengestellte Sessel, trank noch einen Schluck Scotch und schlief trotz oder wegen des Trubels ein. Um sechs Uhr war ich in Barcelona.

Wie sich herausstellen sollte, würde die Weiterfahrt eine Odyssee werden. Bis Lyon kam ich ganz gut durch. Aber durch meinen spontanen Aufbruch hatte ich zu wenig Bargeld dabei. Der Tank wurde leerer und leerer. Eine Kreditkarte besaß ich nicht, da ich durch Datenmissbrauch der NSA zu viel Angst vor dem Verlust meiner persönlichen Daten hatte.

Ich ließ den Jeep kurz hinter Lyon, mit leerem Tank, auf einem Rastplatz ausrollen. Legte den Kopf auf das Lenkrad und fiel in einen tiefen Schlaf. Als ich aufwachte, fühlte ich eine innere Unruhe, die mir sagte, ich muss schnellstens weiter. Ich fand nichts, um ein Schild mit der Aufschrift „Deutschland" zu basteln. Es war Ferienzeit und ich sprach einfach jeden Vorbeikommenden an. Überwiegend Familien mit deutschem Kennzeichen. Die meisten fuhren wortlos weiter. Ich gebe zu, im Nachhinein musste ich schon etwas verwegen ausgesehen haben. Mit Fünftagebart, ungewaschenen Haaren und gelinde gesagt unansehnlicher Kleidung. Trotz all dieser Komplikationen hielt ein junges Paar an. Ich erklärte meine Situation, mein Leiden, meine große Liebe verloren zu haben, meinen Honig. Das Paar hatte ein VW Bus und scheinbar Vertrauen und Mitleid, denn sie nahmen mich mit. Auf ihrem Rückweg von der Algarve, sollte ich sie bis Dortmund begleiten, wo ich am Hauptbahnhof abgesetzt wurde. Sie fuhren weiter nach Hamburg.

22

Der Dortmunder Hauptbahnhof kam mir vor wie ein riesiges Labyrinth. Es gab zwar nur einen Mitteltunnel, der zu den Gleisen führte, aber ich lief orientierungslos hin und her, von einem Eingang zum nächsten Ausgang. Ich fragte mich, was ich hier eigentlich wollte. Warum bin ich hier? An einem Ausgang sah ich hoch an dem grauen Büroturm einer Versicherung. Ich lehnte an die, mit Urin bespritze Wand des Bahnhofs. Meine Knie wurden weich und ich sank in die Hocke. Mein Kopf kippte zwischen meine Knie und ich fing an zu weinen. Die Tränen fielen nur so meinen Augen und meine Sicht war verschwommen. Ich sackte völlig zusammen. Da war es wieder, die Angst, der Schmerz. Ich hörte die Stimmen der Passanten: „Du wirst sterben!".

In meiner Hosentasche drehte und knetete ich meinen Schlüsselbund, so wie ein älterer muslimischer Herr die Perlen seiner Gebetskette bearbeitet. Nicht etwa, um zu beten, sondern um sich zu entspannen. So funktionierte es auch bei mir. Mein Schlüsselbund war meine Gebetskette. Wieder hatte ich die Zeit vergessen. Wie viele Stunden ich dort gekauert hatte, wusste ich nicht mehr. Die Tränen waren getrocknet und mir wurde wieder klar vor Augen. Ich sterbe bald. Das war mir bewusst. Aber ich habe noch einen Auftrag des Bundesnachrichtendienstes. Eine kodierte Nachricht muss ich hier am Dortmunder Hauptbahnhof hinterlassen. Ich suchte die Schließfächer. Als ich sie fand, stellte ich fest, ich hatte nur zwei Euro dabei. Die Gebühr für vierundzwanzig Stunden betrug jedoch vier Euro. Also ging ich los und sprach alle vorbeigehenden Leute an, ob sie mir zwei Euro für das Schließfach hätten. Es vergingen wieder Stunden, in denen ich Kopfschütteln und Gelächter erntete, aber auch zwei Euro in Zehn- und Zwanzigcentmünzen. Die Centstücke wechselte ich bei einem Bäcker in eine

Zweieuromünze. Erleichtert ging ich zum Schließfach, zog meine Schuhe aus, stellte sie in das Fach. In meinen Schuhsohlen befand sich die Nachricht an den BND. Den Schlüssel deponierte ich in einem Abfalleimer für Verpackungsmüll.

Beruhigt konnte ich dann einen Regionalexpress nach Essen nehmen. Begleitet von Vernichtungsschmerz kam ich näher zu Eva.

23

In Essen ausgestiegen waren meine Gedanken wieder klar und ich hatte mein Ziel vor Augen. Ich brauchte Geld und erinnerte mich an ein längst vergessenes Sparbuch. Meine Onkel hatte es zu meiner Kommunion eingerichtet. Müde und erschöpft spürte ich die Blicke, die mich streiften. In der Sparkasse wollte man mich wieder vor die Tür setzen. Aber nach Vorlage meines Personalausweises, den ich glücklicherweise bei mir trug, wurde mir das Guthaben von knapp 1500 Euro ausgezahlt.

Zum Sheraton Hotel war es rund ein Kilometer. Ich ging zu Fuß, da ich sicher war, noch eine Haltestelle mit der U-bahn nicht zu überleben. Menschen, die mir zu nah kamen, stellten eine Bedrohung dar. Jeder hätte mir unvermittelt ein Messer in den Rücken rammen können. So ging ich in der Abendsonne die Huyssenallee hinauf.

Das Sheraton Hotel strahlte auf mich den morbiden Charme der achtziger Jahre aus. Die bronzeschwarz glänzende Glasfassade erschien, wie ein mondänes Bürogebäude aus der Serie Dallas und im Inneren setzte sich der amerikanische Traum fort. Durch die automatische Tür ging ich vorbei an der Rezeption, die verfolgenden Blicke der Front Office Mitarbeiter in meinem Rücken. Wie bei meinen Mitarbeitern im Beach Club war ich der festen Überzeugung, auch sie hatten es auf mich abgesehen und warteten nur auf die Gelegenheit mich in einer Falle laufen zu lassen. Wussten sie denn alle nicht, dass mein Leben so oder so bald ein Ende haben würde? Konnten oder wollten sie mir nicht die Chance geben, einen Abschluss zu finden, in Seelenfrieden mit Eva?

Mit dynamischen Schritten ging ich weiter zur Hotelbar. Als zahlender Gast, der neunzehn Euro für einen Tumbler Whisky ausgab, würde man mich wohl nicht so schnell wieder rauswerfen, trotz flehendem Schuhwerk. Misstrauisch blickte ich mich um und fragte dann den Barkeeper, auf dessen Namensschild Fernando stand, ob er eine Eva kannte. Gleichzeitig wusste ich, wie seine Antwort lauten würde. Nein. Kopfschmerzen breiteten sich wellenartig vom hinteren Teil meines Schädels bis zu meiner Stirn aus. Ich musste mich schwer zusammenreißen, nicht vom Barhocker zu fallen. Kurz davor meine letzte Konzentration zu verlieren, sah ich nach rechts, durch das Fenster zum Stadtpark. Natürlich! Es war so einfach. Wo sind im Sommer, neben Studenten und grillenden Großfamilien, mehr gescheiterte Existenzen als im Stadtpark? Folglich musste Eva dort draußen sein, irgendwo zwischen den Parkbänken und unter den Bäumen.

Der Essener Stadtpark ist überschaubar. Eingerahmt vom Aaltotheater, dem Saalbau, im Hintergrund der RWE Turm und dem Sheraton Hotel. Zentral ein See mit einer Wasserfontäne, die einem je nach Windrichtung, ins Gesicht sprühte. In den umliegenden Rhododendronbüschen trafen sich, auf vereinbartes oder unvereinbartes Zeichen, Drogendealer und ihre Kunden. Und die Notdurft wurde in den Büschen erledigt, worauf sie auch von Jahr mehr und mehr zurückgeschnitten wurden. Paare, Freunde, Familien saßen auf ihren Picknickdecken. Liebende, Spielende, Trinkende, Grillende, Lesende trafen sich im Stadtpark und somit alle gesellschaftlichen, sozialen und kulturellen Schichten. Es war der pure Stadtsommer, urban und tolerant. Mit kleinen Ausnahmen, wenn das Ordnungsamt durch den Park fuhr und Knöllchen für einen zu flachen Grill verteilte. Wenn die Sonne hinter dem Sheraton unterging, kamen die Flaschensammler, schauten in jeden Mülleimer, bekamen Pfand von den letzten Erholungssuchenden geschenkt. Bis auch sie gegen 22.00 Uhr verschwanden, um ihre Säcke mit Geld aus Glas und Plastik, im Lidl am Hauptbahnhof, in Bares zu tauschen.

Die Flaschensammler waren schon auf dem Weg

zum Hauptbahnhof, als ich durch den Stadtpark lief. Meine Augen weit aufgerissen. Ich ging alle Wege ab, schaute zwischen alle Büsche, doch Eva war nicht zu sehen. Ich ging hinüber zur Tankstelle, kaufte mir einen halbtrockenen Rheinhessen und lehnte mich dann an eine alte Eiche im Park.

24

Der Duft von Honig ließ meine Sinne erwachen.
Ein Kopf lehnte an meinen Schultern. Haare kitzel-
ten in meiner Nase. Ich öffnete die Augen. Die blonden strähnigen Haare fielen herunter auf die zarten
Schultern, die da an mich gelehnt waren. Ich sah
über den Kopf hinunter auf ein kartiertes Hemd.
Die obersten drei Knöpfe geöffnet. Ich konnte in
den Ausschnitt blicken, leichte Hügel unter dem
Hemd, sie bewegten sich bei jedem Atmen auf und
ab. Ich wünschte ich könnte ihre Nippel sehen, aber
so tief reichte der Ausschnitt nicht. Wie damals auf
dem Sofa und in den schwarzen Wellen, blieb mir
der Anblick geschuldet. Die langen dünnen Beine in
engen schwarzen Jeans, die Beckenknochen stachen
unter dem Hosenbund heraus. Das Hemd reichte
nicht ganz über den flachen Bauch und unter dem

letzten Knopf sah ich den Bauchnabel.

Sie hatte mich gefunden, wir hatten uns gefunden. Ich wollte, dass dieser Moment nie vergeht. Alle Schmerzen, die ich hatte, waren in einem Augenblick verschwunden. Wenn auch die Angst des Sterbens blieb. Ich legte meinen Arm um Eva und hielt sie fest. Drückte meine Nase in ihre Haare, atmete den Honig ein und küsste sie.

Wie lange wir dort ausharrten, ich kann es nicht mehr sagen. Zeitlos lehnten wir an der Eiche. Es wurde hell, es wurde dunkel, es regnete, ich schütze Eva mit meiner Jacke. Die Sonne kam raus, sagten nicht viel, hielten uns in den Armen. Uns beiden immer der Einzigartigkeit des Moments bewusst. Die Geräusche in der Umgebung, die Blätter, die Menschen, die Vögel spielten uns die Melodie von „November Rain", mitten im Sommer. Wir fühlten uns wie damals, unschuldig, naiv und neugierig. Nur jetzt mit dem Bewusstsein, dass es Liebe ist.

„Komm, ich habe Hunger.", sagte Eva irgendwann. Wir hielten unsere Hände, gingen wortlos.

Wir kannten den Weg, den wir nie zuvor gemeinsam gingen. Die Läden, die wir nie zusammen besucht hatten. Wir wussten, es waren unsere. Hätten wir uns nicht aus den Augen verloren, hätten wir sie gemeinsam entdeckt. Wir bestellten Pommes im de Prins und Weißwein in der Goldbar. Als hätten wir nie etwas anderes gemacht. Ich war angekommen.

Angekommen bei Eva. Unsere Gespräche handelten nicht mehr über die Vergangenheit und unsere verlorenen Jahre. Keine verpasste Zeit. Wir lebten an diesem Abend in der Gegenwart. Genossen die Zeit, lachten mit Tränen in den Augen. Die Jahre hatte es nie gegeben. Eva war eine Frau geworden. Ich sah es an ihren Augen, den kleinen Falten beim Lachen. Sie hatte eine Geschichte, genau wie ich. Aber all das war nun vergessen. Der Wahnsinn der Liebe schwebte über uns, immer wissend, dass das große Glück, der Erfüllung der großen Liebe, durchaus endlich war.

Denn was mir durchaus klar war, ich musste

sterben. Auch wenn ich meinen Schmerz für kleine Momente verdrängen konnte, um jede Sekunde mit Eva zu genießen. Ich würde sterben müssen. Und ich entschied wann. Abgeschlossen, meinen Frieden mit Eva gefunden. Jetzt war sie es, die mir helfen sollte, rein und unschuldig.

25

Evas Wohnung war klein, durch die dunkel ge-
strichenen Wände wirkte sie noch kleiner. An die
Farbe kann ich mich nicht erinnern. Den fehlenden
Balkon kompensierte sie mit üppigen Palmen und
unzähligen Pflanzen, deren Namen ich nicht
kannte. Es erinnerte mich an einen Wintergarten.
Zwischen den Pflanzen alte Möbel, Kerzen und ein
abgewetztes Chesterfieldsofa. So eins, was entweder bei der Oma von nebenan steht oder in einer
Punk-WG. In der Küche ein einsamer Gasherd neben einer Edelstahlspüle. Das Badezimmer in
Schachbrettmuster gefliest, mit einem bodentiefen
Spiegel, der einen Sprung hatte. Einen Sprung, als
hätte jemand mit der Faust dagegen geschlagen,
aber der Spiegel war robust genug, um nicht komplett zu zersplittern. Wenige Bücher lagen wahllos

in der der Gegen herum. Persönliche Gegenstände wie Fotos oder Andenken an Freunde, Familie oder Reisen sah ich nicht.

In dem schwarz-weißen Badezimmer saß Eva auf einem Stuhl, völlig nackt, die Beine weit gespreizt. Ihr Körper war angespannt, ich konnte ihr Herz fast schlagen sehen unter ihrem bebenden Brustkorb.

Ich stand hinter ihr, wir blickten uns gegenseitig im Spiegel an. Dann traf Eva ihr eigenes Spiegelbild. Sie sah entschlossen aus, ohne jeden Zweifel, sie empfand keine Angst, nur den Augenblick mit dem Bewusstsein, das Richtige zu tun oder tun zu lassen.

Nach einer heißen Dusche hingen ihre nassen tropfenden Haare glatt über ihren Brüsten herunter. Die Strähnen klebten an ihrer Haut. Eine Gänsehaut zeigte sich auf ihrer Brust und ihre Nippel waren verhärtet.

Ich trat an das Waschbecken und ließ dampfendes Wasser laufen, hielt ein Handtuch darunter, um es danach auszuwringen. Noch heiß dampfend legte ich es auf Evas Oberschenkel. Kaum merklich zuckte sie zusammen, durch das Brennen des heißen Handtuchs.

„Es tut mir leid, Eva."

Eva streichelte mit ihren zarten Händen durch mein Gesicht und schenkte mir ein liebevolles Lächeln.

„Ich verstehe es." Antwortete Eva und senkte ihren Blick.

Kniend zwischen Evas Beinen, seifte ich ihr Schamhaar ein. Die weiche blonde Wolle, der warme Schaum schien Eva zu entspannen. Ich hielt das Rasiermesser unter das heiße Wasser und setzte vorsichtig an, um ihre Haare zu entfernen. Eva blickte herunter und genoss, wie ihr Flaum langsam verschwand und sie nach und nach freien Blick hatte.

Alles war blank rasiert und mit lauwarmem Wasser war letzter Seifenschaum abgewaschen worden. Ich stand auf und wir schauten wieder gemeinsam in den Spiegel. Gemeinsam schauten wir wieder zwischen ihre geöffneten Beine. Es war überraschend schön zu sehen, was da zuvor unter einem Busch versteckt war. Evas Lippen schimmerten rosa und etwas gereizt von den Rasierklingen. Jedes Spiegelbild bleibt nur ein Spiegelbild des Äußeren. Und so erhält jeder nur ein anderes Bild von dir, verzerrt durch die Gefühle einer fremden Innenwelt.

Unsere Blicke wanderten synchron hinauf, über ihren Körper, bis in ihr wundervolles Gesicht. Das Gesicht in das ich schon als Jugendlicher sah. Jetzt bekam auch ich eine Gänsehaut, wie auch Eva stellten sich alle meine Haare auf. Wir wussten wortlos, was als nächstes geschehen würde.

Ich hielt ihre langen blonden Strähnen in meinen Händen. Betrachte und fühlte das, was ich schon immer liebte. Ich nahm die Schere. Schnitt für Schnitt fielen sie zu Boden, wie nutzloser Abfall. Sie fielen wie weiße Flocken lautlos durch die eiskalte

Nacht. Eva schloss die Augen, sie wollte nicht sehen was passiert. Was sie seit ihrer Jugend als Ausdruck ihrer Weiblichkeit sah, fiel einfach ab von ihr. Der Duft von Honig erfüllte das Badezimmer. Ich bereitete wieder Schaum vor, wie zuvor in ihrem Schambereich. Massierte ihren stoppeligen Kopf damit ein, seifte ihn ein, damit ich die Fransen und Stoppeln entfernen konnte. Letztlich war ihr gesamter Körper glatt und rein.

Mit Tränen in den Augen, öffnete Eva ihre Augen. Unsicher und nackt, hatte sie nicht mehr die Gelegenheit sich hinter ihren langen Haaren zu verstecken. Sie fühlte sich hilflos und erniedrigt, aber daraus wuchs ihre Kraft und Stärke, das zu tun was nötig seien würde.

26

Wir ließen uns gemeinsam auf Evas Sofa fallen. Erschöpft von den emotionalen Ereignissen des Abends, der Nacht oder des Tages. Denn wir waren uns nicht mehr klar, welche Uhrzeit oder welche Tageszeit wir hatten. Es war auch völlig gleichgültig für uns. Getrennt durch Gedanken und doch verbunden. Gemeinsam einsam und doch zusammen. Wir schwiegen, zwischen uns brauchte es keine Worte mehr.

Die Rasierklingen lagen vor uns auf dem Tisch. Ich blickte Eva in ihre Augen. Sie verstand nicht sofort. Ich nahm ihre Hand und gab ihr eine Klinge. Eva selbst, war zu keiner Bewegung fähig. Sie zitterte und mich faszinierten wieder ihre schmalen Handgelenke. Ich hielt die Klinge fest in der Hand, zwischen ihren Fingern. Schwach und bleich saß sie neben mir. Wie damals als ich Atmung unter ihrem Holzfällerhemd wahrnahm. Und wir Nirvana und Guns'n'Roses hörten. Nur jetzt war sie nackt, ich konnte ihre Brüste zittern sehen. Sie legte die Rasierklinge auf ihr Handgelenk. Ich schaute in ihre kühlen traurigen Augen. Unsere Herzen schlugen im Gleichklang.

„Weißt du warum die Blumen blühen? Siehst du die Sterne auch am Tage strahlen? Soll der Sonnenuntergang ein Abschied sein? Wohin wir gehen, wer wir sind? Durchbrech die Grenze die dich trennt von mir! Lass uns leben, lass uns ziehen, getrieben von einem Segel, gewebt aus Träumen." Flüsterte ich zu Eva.

Ich nahm ihre Hand mit der Klinge von ihrem Unterarm und legte sie auf meinen. Ich drückte leicht und sie erkannte, was ich von ihr erwartete. Sie weinte, es tropfte nur so wie Perlen auf ihren Körper hinunter.

Eva presste die Klinge auf meine Adern. Mit chirurgischer Präzision schnitt sie durch meinen Unterarm, senkrecht bis zum Handgelenk. Es war ein erfüllendes Gefühl, so wie das warme Blut aus meinen Armen floss. Ich wusste nicht das Blumen träumen, ich existierte wie ein Stein. Ohne dich wäre ich Staub. Eva, du bist der Frühling und ein goldener Novemberregen.

27

Der Baum vor meinem Fenster war grün, vielleicht auch schon etwas gelblich. Ich wusste es nicht genau. In meinem Kopf erschien er bleigrau. Eingerahmt von grauen Vorhängen. Alles kam mir vor wie in einem schwarz-weißen Film, als ich langsam aus meinem Delir erwachte. Protagonist in einem Film, der wohl als sein Leben bezeichnet worden würde. Keine Erinnerung was in den letzten Tagen geschehen war. Ich hatte einen trockenen Mund, obwohl ich die Flasche Mineralwasser, die auf meinem Nachttisch stand, restlos leer getrunken hatte. Neben der Flasche stand ein kleiner Becher, ähnlich einem Schnappsbecher auf Gartenpartys. Haldol, wie mir ein Pfleger der LVR Klinik erklärte. Ich wurde im Stadtpark aufgefunden, stark alkoholisiert und mit aufgeschnittenen Pulsadern. Ein Flaschensammler hatte mich wohl gefunden. Eine Frau Eva Sander, nach der ich gerufen haben soll, gab es nicht. Sie war vor Jahren bei einer Fehlgeburt gestorben.

An meinem rechten Arm hing ein Tropf mit Kochsalzlösung. Die Sedierung zeigte ihre Wirkung. Nichts machte mehr Sinn für mich. Ich schaute mir zu, wie ich im Bett lag und atmete. Wenn ich wollte, läge ein langer Weg vor mir. Haldol war nur der Anfang. 5 mg Haldolperidol, flüssig, in einem kleinen Becher täglich. Ohne zu fragen nahm ich jeden Tag den kleinen Schluck für die Gesundheit oder eher den Schluck für ein mehr oder weniger klares Bewusstsein. Meine Welt war grau. Ich hatte keine Gefühlsempfindungen mehr. Ich lebte, glaubte ich. Zumindest sah ich den Baum vor meinem Fenster. Ansonsten erinnerten mich Magen– und Muskelkrämpfe an meine Existenz. Ich genoss die Schmerzen, denn sie erinnerten mich an das Gefühl von Leben. Ich sagte nichts von den

Schmerzen, denn ich hatte Angst vor den Medikamenten, die diese lindern würden. Solange ich Schmerzen hatte, lebte ich. Sie hielten mich ab vor Müdigkeit einzuschlafen. Aus einem Schlaf aus dem ich wohl nicht mehr aufwachen könnte.

Es vergingen Tage und Nächte, Minuten und Stunden. Wer weiß das schon so genau? Vielleicht die Ärzte oder Schwestern die mir von Zeit zu Zeit erschienen. Diese Minuten der Gespräche waren für mich neu. Ich musste mich daran gewöhnen. Es waren nicht mehr die Stimmen in meinem Kopf, es waren Menschen. Keine Ahnung, ob die mir etwas Böses wollten. In meinem Zustand und unter Einfluss des Haldols, konnte ich das nicht mehr unterscheiden. Meine Welt war wie in einem Traum. Wenn auch viel realer als der Traum, den ich vor meiner Einlieferung lebte. Meine Erinnerungen an die Zeit vor der LVR Klinik war surreal und verschwommen. Man erzählte mir von dem, was ich angeblich getan habe, von dem ich bei meiner Ankunft hier erzählt habe. Nur Bruchstücke waren noch da. Aber wie in einem weit in der Vergangenheit zurückliegendem Traum oder Alptraum.

Es war ein Dahindämmern. Nie richtig wach, nie richtig schlafen. Ich war voller Unruhe. Meine Gedanken waren chaotisch, ungeordnet. Wie Blitze kamen neue Gedanken und Ängste. Ich schlief nie lange, aber wenn, dann tief und traumlos. Umso erschöpfter wachte ich wieder auf. Jedes Mal verwirrt, wusste nicht wo ich war, welcher Tag heute war, manchmal wusste ich nicht mal wer ich war. Nach dem Erwachen waren meine Glieder wie gelähmt. Mein Hals war wie geschwollen und das Schlucken viel mir schwer. Immer wieder drehte sich mir der Magen um und ich krampfte zusammen. Dazwischen immer der kleine Becher mit dem Schnaps. Ich wusste nicht, ob ich es nicht einfach in die trostlosen Grünpflanzen kippen sollte. Aber die Hoffnung stirbt zuletzt, sagte ich mir immer wieder. Es gab wohl einen triftigen Grund, warum ich hier war. Und ich hatte Angst wieder dahin zurückzukehren, an diesen Ort, zu dem was ich vorher war, bevor ich hierherkam. Auch wenn hier alles hinter einem bleiernen Vorhang lag, so war es mir immer doch noch mehr Realität, als die Wogen dieses Meeres aus Stimmen, Verzweiflung, Verfolgung und ich weiß nicht, in welcher Welt gelebt zu haben.

Ich weiß nicht, wann es war, aber irgendwann schaffte ich meine Kräfte zusammen und stand aus meinem Bett auf. Zuvor war es mir gleichgültig, ob ich mich eingenässt hatte. Seitdem ich hier war trug ich Windeln. Pfleger kamen und legten mich trocken und wischten mir meine Exkremente ab. Nicht, dass ich dies nicht selbst hätte machen können. Vielleicht konnte ich es. Aber ich war wie gelähmt. Jede Bewegung war anstrengend. Meine Arme und Beine waren wir gefesselt, fixiert an das Bett. Und es war mir auch gleichgültig. Ich unterdrückte den Drang abzuführen. Wie lang? Ich weiß es nicht mehr. Die Pfleger hatten die Befürchtung, es würde irgendwann oben wieder herauskommen. Das wäre es wohl auch, hätte man mir nicht etwas Undefinierbares in meinen Darmausgang gespritzt.

Aber ein paar Stunden später löste sich die Ver-
krampfung in meinem Enddarm. Es floss nur so
hinaus. Sehr zum Ärgernis der Nachtschwester. Mir
war es völlig gleichgültig.

Die Variablen von Zeit und Raum oder was immer es waren, ich stand auf.

28

Für das was ich da tat, war Stehen nicht das richtige Wort. Zwei Schwestern fasten mir unter die Achseln und stützten mich. Meine Kniegelenke waren weich wie Butter. Was war das? Sowas kannte ich nicht. Mein vernebeltes Bewusstsein machte sich im Vertikalen mehr als im Horizontalen bemerkbar. Mein Kreislauf spielte verrückt. Alles drehte sich und mir war schwindelig. Mir wurde übel. Die Pflegerinnen waren sichtlich überfordert. Zumindest das fiel mir auf. Ich war immer schlank und ein Leichtgewicht. Aber ich hatte in der vergangenen Zeit wohl deutlich zugelegt. Ob es Einbildung war, aber eine deutliche Wölbung war unter meinem Krankenhaushemd zu sehen. Ich fing mich und konnte allein stehen. Ich wollte zum Spiegel, um mein eigenes Elend zu sehen. Etwas stimmte nicht mit meinem Kopf. Er hing schief. Die Ärzte bei der Visite meinten sowas von einem „Schiefhals" oder „torticollis acutus". Was auch immer das ist. Beim Blick in den Spiegel wusste ich es. Mein Kopf lag schräg auf meiner rechten Schulter. Ich konnte meinen Hals auch nicht bewegen. Das er komplett schräg lag, merkte ich jedoch nicht. Schon gar nicht, dass mir Speichel aus dem Mund tropfte. Ich sah aus, wie nach einem Schlaganfall. Ich wollte zurück in mein Bett. Was ich nicht spüre ist auch nicht da.

Ich ließ mich aufs Bett sinken. Meine Gliedmaßen so schwer, dass sie mir in Zeitlupe folgten. Sogar meine Zunge fiel, wie ein nasser Sack nach hinten als mein Kopf ins Kissen sank.

Meine Augenlider fielen zu und ich schlief. Kein Traum, nur schwarz. Schwarz, dunkel, Tag oder Nacht, ich weiß es nicht. Will es nicht wissen. Genieße die Unwissenheit über das Dasein, die Existenz. Eine Schwebe, in Erinnerung an diesen Zustand, lässt es sich am besten mit einem schwarzen Loch beschreiben. Schon als Kind faszinierte mich die endliche Unendlichkeit des Weltalls. Mir war immer unerklärlich, wie etwas unendlich sein kann. Hinter dem Universum muss doch noch etwas sein. Und was kommt danach? Erst später lass ich etwas über schwarze Löcher. Eine unfassbare und unbegreifliche Energie, die alles einsaugt. Sogar Licht. Deshalb sieht man sie nicht. Also die schwarzen Löcher. Ich war römisch-katholisch erzogen. Meine Großmutter nahm mich immer mit in den Gottesdienst. Und so trieb mich die Frage um, was oder wer ist Gott. Später als ich über die Existenz von schwarzen Löchern erfuhr, hatte ich eine Lösung. Es gibt diese Materie, diese Energie, die stärker ist als alles Vorstellbare. Die sogar Licht einfangen kann. Diese unsichtbare Energie, aus der der Kosmos entstand. Das musste göttlich sein. Unvorstellbare Energie, die nicht Messbar ist. Aus der Leben und Liebe entstehen kann. Schwer zu verstehen, dass aus einer unsichtbaren Energie einfach Leben, Liebe und auch Leid entsteht. Aber so musste es wohl sein. Aber wer weiß, vielleicht steckt noch viel mehr dahinter. Sicher nicht ein alter Mann mit weißem Bart und einem Sohn namens Jesus.

So war also mein bewusstloser Schlaf, wie ein schwarzes Loch.

29

Wenn ich aus meinem schwarzen Loch erwachte, war es brutal. Meine Zunge lag schwer und
geschwollen in meinem Rachen, durch den schmalen Zugang zu meiner Lunge drang nur ein Hauch
Luft. Ohne es zu merken hing mein Kopf auf halb
acht. Immer noch tropfte mir Speichel in Fäden aus
dem Mund. Krämpfe in Magen und Brust. Wenn
ich ein Glas heben wollte, um zu trinken, bewegte
sich mein Arm wie in einem Michael Jackson Video.
Mechanisch, mein Arm machte den moon walk.

Was mir zunehmend zu schaffen machte, war
nicht die Gelähmtheit meiner Körperteile, sondern
mehr die unkontrollierten Zuckungen. In der Ge-
samtheit meiner nervlichen Gefühlsarmut, zuckten
meine Arme und Beine. Es kribbelte, wie Ameisen,

die über meine Arme liefen. Unter der Kranken-
hausbettwäsche war ein ganzer Zoo. Es tobte, das
wilde Leben tobte unter meiner Bettdecke. Ich
musste mich bewegen, aber mein Kopf lies es nicht
zu. Ich war gefangen in der Zwangsjacke, von meinem chemischen Freund Haldol.

Das Zittern und die nicht vorhandene Kontrolle
über meinen Körper nahmen immer stärker zu. Ich
überlegte Haldol, meinen psychischen Dünger, ab-
zusetzen. Aber was dann?

Ich zitterte. Das Zittern. Aber nicht wie bei Kälte.
Schon wie bei Kälte. Aber anders. Bei Kälte klap-
pern die Zähne. Bei mir war der Kiefer eher wie ver-
krampft. Ein Krampf, der es mir nicht mal zuließ,
das Essen, was mir gebracht wurde, zu kauen. Der
Unterkiefer ist ein Knochen, der lose im Gesicht
hängt. Meiner war starr.

Alles andere zitterte. Ich dachte an Marty Mc Fly
im Delorean, der zurück in die Zukunft flog. Und
der ewig junge Darsteller Micheal J. Fox, der später

an Parkinson erkrankte. Oder Muhammed Ali, dessen Faust immer traf, bis er die Diagnose Morbus Parkinson erhielt.

Ich zitterte an Armen und Beinen. Mein Blick war wie in einem Tunnel. Ich saß in der Ecke des Zimmers. Hielt meine wackelnde Gliedmaßen fest umschlossen. Mit der Hoffnung, die unkontrollierten Bewegungen zu stoppen. Mein Blick fixiert auf den Baum vor dem Fenster. Ein Kampf, den ich gewinnen musste. Meine Gedanken waren wieder klarer. Mein Körper gehorchte mir nur nicht mehr.

Ich hatte kein Parkinson. Ich hatte Haldol.

30

Mir war nicht mal bewusst, unter welcher seltsamen Erkrankung ich litt. Wusste nicht mal, dass ich überhaupt eine Erkrankung hatte. Bewusst war mir eigentlich nichts. Mein Leben war halt so, wie es halt ist. Oder eben nicht. Was auch immer. Ich ließ alles mit mir machen. Sie nannten es kognitive Verhaltenstherapie, Soziotherapie, Psychotherapie, Ergotherapie, Physiotherapie, rehabilitative und Maßnahmen zur Integration. Maßnahmen und Therapien.

Meine Körperausscheidungen hatte ich unter Kontrolle, Stehen und Laufen funktionierten auch wieder. Volleyball und Kegeln ging gut. Ich wanderte durch die umliegenden Wälder. Wenn auch mit einer geistigen Teilnahmslosigkeit. Mein Kopf hing noch leicht schief. Was sich aber nach Aussage der Menschen hier bald bessern sollte. Die Nebenwirkungen meiner Medizin besserten sich langsam. Und meine Gedanken wurden klarer. Wenn auch nicht gerade emotionaler. Ich konnte wieder denken. Ich dachte an Maria, meine Tochter, an Eva. Eva, sie ist gestorben bei einer Fehlgeburt. Konnte das sein?

In meinen Gedanken kam ein Gespräch wieder auf. Ich hatte es längst vergessen. Auf einmal war es wieder da, was Eva damals sagte: „Weißt du, da ist mehr. Viel mehr. Anderes, anderes was niemand von uns versteht. Nicht mal die Studierten, die Professoren, unsere Lehrer, unsere Eltern und Großeltern. Die Menschen, die wir so schätzen und achten, ja sogar lieben."

Sie atmete tief durch. Damals auf dem Sofa, mit ihrem Holzfällerhemd und den Docs, hörte ich nicht mehr was sie sagte, weil ich versuchte zwischen den Knöpfen ihres Hemds auf ihre flachen schönen Brüste zu schauen. Seltsam. Unter Haldol hörte ich ihre Stimme wieder.

„Vielleicht höre und sehe ich und ich glaube auch du, einfach mehr als andere. Ist es vielleicht eine missverstandene Gabe? Sie verstehen uns nicht und behandeln uns deshalb so? Wir sind die Außenseiter, obwohl sie es seien sollten?

Es klingt absurd, aber stell dir vor, da landet ein Raumschiff, ein so genanntes UFO. Ein unbekanntes Flugobjekt. Wie in einem schlechten Film öffnet sich diese Klappe an dieser Untertasse. In gleißendem Licht und Nebel im Hintergrund, entsteigt ein Außerirdischer. Wie in Hollywood, mit großen Augen, einem eigenartigen Lächeln, den rechten Arm gehoben und die drei Finger zu einem Victory Zeichen gespreizt.

Es lacht, ist voller Freude die neuen Freunde kennenzulernen. Unverständliche, aber melodische Worte kommen aus seinem lächelnden Mund. Ein Mann in Uniform, mit Abzeichen auf seinen Schultern, deutet die Armbewegung des Fremden falsch. Er schießt aus seinem Maschinengewähr. Der

Fremde zittert, sein Körper bebt, ist getroffen, fällt auf die Rampe des UFOs zurück. Aus den großen Augen des Fremden kullern Tränen. Das UFO hebt ab und verschwindet.

Weißt du, uns wäre das nicht passiert. Wir hätten Freunde gefunden. Die da draußen, sie sind wie wir. Freundlich und voller Liebe. Aber das versteht hier niemand. Deshalb sind wir hier fremd und eigenartige Außenseiter. Alles was Menschen nicht rational erklären können, ist für sie eine Bedrohung. Nichtsdestotrotz flüchten sie sich in Geschichten wie die Bibel. Und wer daran nicht glaubt, wird im Heiligen Krieg ermordet."

Es war nicht das Haldol, was mich Evas Stimme hören ließ. Nein, es war meine Erinnerung. Das unter Medikamenten gelähmte Bewusstsein, dass seit Jahren wieder klarsah. Evas Worte waren in meinem Kopf. Nicht wie die Stimmen die ich zuvor hörte. Auch war mir bewusst, dass alle Ereignisse der letzten Zeit, Wochen, Monate, Jahre nicht real waren.

Eva war tot. Aber irgendwie lebte sie in mir weiter. Die Zeit mit ihr. Unsere Jugend und die Fehler die ich begangen hatte. Unsere Musik. Ich lebte lange in einer Blase unserer Liebe. Blase ist das falsche Wort, denn eine Blase könnte platzen. Unsere Liebe war echt und wahr. Auch wenn sie mittlerweile tot war. Das ist diese unbeschreibliche übernatürliche Energie, die ein schwarzes Loch ausstrahlt. Unser Gott, unser Nirvana.

Ich war ein Stein, ein Sandkorn gestrandet an den Ufern meiner Einsamkeit.

Zeit, Zeit hatte ich viel. Ich schaute raus aus dem Fenster vorbei an den grauen Vorhängen, hinaus zu meinem Baum. Ich hatte ihn golden erlebt, fast braun. Ich wusste lange nicht welche eine Art Baum es ist. Lange hatte es mich auch nicht interessiert. Gleichgültigkeit war lange meine Devise. Trinke ich Wasser oder Wein? Meistens war es Kamillentee. Es war mir egal. Oder nicht bewusst. Jeglicher Geschmack war mir fremd. War ich doch früher so ein Feinschmecker und konnte den Unterschied zwischen Chardonnay und Soave sofort erkennen. Nichts war da mehr. Und es war mir auch nicht mehr wichtig. Ich fühlte einem Zustand zwischen Gleichgültig und Gleichgültig. Aber nach Auskunft meiner Ärzte machte meine Therapie sogar Fortschritte. Habe zwischen Gruppensitzungen, Malereien mit Wasserfarben, Volleyball und Kegeln gar nicht gemerkt was mir fehlte.

Es klopfte an meiner Tür. Das Klopfen kannte ich. Es war nicht das Klopfen einer Pflegerin oder eines Arztes. Dafür war es viel zu zart. Aber doch bestimmt. Meine Behandlung war nun weit fortgeschritten. Auch wenn ich nicht viel wusste und mir darum auch wenig Gedanken machte, wusste ich, ich war an einem anderen Punkt. Ich empfand wieder Ehrgeiz. Etwas was ich lange nicht kannte. Ich wollte leben.

Es klopfte wieder. Die Tür ging auf. Für einen kurzen Moment stand mein Herz still. Es war Maria. „Maria, Maria" ich sprach ihren Namen immer wieder aus. Immer wieder. Als könnte ich sie so bei mir behalten.

Sie sah mich an. Es war kein Mitleid in ihrem Blick. Ihr Blick war fest. Ich wusste es war ein letzter Schritt, meiner noch lebenslangen Therapie, mit den geliebten Menschen umzugehen. Das Wort *geliebt* machte mir noch Angst. Es gab einen Fachausdruck dafür, so irrelevant in diesem Moment.

Maria zu sehen, war mehr als ich je erwartet hatte, in meinem Zustand. Natürlich hatte ich es mir gewünscht. Jedoch nicht für möglich gehalten, dass sie mich auch sehen möchte. Sie wollte. Lange hatte sie mich vermisst, auf meiner unerklärlichen Reise. Maria wartete seit Wochen in der Klinik und stundenlang vor meinem Zimmer. Sie durfte mich nicht sehen, weil ich noch nicht soweit war. Und jetzt, nach den Wochen oder Monaten, stand sie da. Ihr schwarzes Haar fielen in ihr blasses Gesicht, sichtlich gezeichnet von schlaflosen Nächten.

Sie hielt etwas in ihren Armen, ein Knäul, was Geräusche von sich gab. Es war meine Tochter Lea, Maria legte sie auf meine Brust. Das kleine Knäul hatte ein Gesicht, schwarze Haare und sein kleiner Brustkorb hob sich mit meinem auf und ab. Ich fühlte Leas Herzschlag. Maria saß neben mir am Bett. Sie legte ihren Kopf neben den meines Kindes.

Sie dufteten nach Minze und Honig.

Jan Florian Cremer lebt und arbeitet in Essen.
Sein Roman *Gefühl der Stille* erschien im Jahr 2017.

Zeitfracht Medien GmbH
Ferdinand-Jühlke-Straße 7
99095 Erfurt, Deutschland
produktsicherheit@kolibri360.de